中公文庫

静かなる良人《おっと》

新装版

赤川次郎

中央公論新社

目次

静かなる良人《おっと》

新装版

プロローグ

その日は、やたらに風が強かった。

おかげで、私はスカートがまくれ上がりそうになるのを気にしながら歩かなくてはならなかった。セットしたばかりの髪も乱れるし、本当にいやになってしまったけれど、こればかりは誰に文句を言う筋合のものでもない。

それにしても、帰りを急ぐときに限ってこうなのだから……。

予定では、こんなにあわてなくても済むはずだった。夫は夜の九時頃にならないと帰って来ないという話だったので、私もゆっくりと外で過す約束を作っていたのだ。

それが前の晩、出張先から夫が電話をかけて来て、早い列車で戻るから、夕方六時には家に着くという。

帰って来るな、とも言えないので、約束の方をくり上げようと思ったのだが、ついに連絡がつかなかったのだった。

バス停から家まで、十分はかかる。私は腕時計を見た。六時二十分。——あと五分は歩くから、夫が予定通りの列車で帰っていれば、とっくに家に着いているに違いない。

私だって、予定では五時半に家に帰っているはずだったのだ。それが――つい眠ってしまったので、こんな時間になってしまった。

夫は別に私が出かけているからといって、腹を立てたりはしない。

「ごめんね、買物していたら、つい遅くなっちゃって……」

と言えば、それで済む人なのだ。

それでも私がこうして帰りを急ぐのは、やはり多少後ろめたい思いがあるせいだろう。何しろ、つい一時間前には、他の男と、ベッドの中にいたのだから……。

私の名は河谷千草《ちぐさ》。千草なんて、自分でも照れてしまうような名は、祖母がつけたものだ。夫は河谷洋三という。

私はいつも年齢より若く見られている。

本当はもう結婚七年目、三十三歳なのだが私を見て三十過ぎと思う人はいないようだ。二十四、五の頃は二十歳そこそこに見られ、今は、せいぜい二十八、九に見られる。

「子供がいないから若く見えるのよ」

と、やっかみ半分、言う友達もいないではないが、何も必要以上に卑下することもないだろう。

小柄ながら、一種の華やかさがあって、それが私を若く見せている。三十を過ぎてもあまり太って来ないのは、体質なのだろうが、若く見られるのはそのせいもあろう。

たとえ子供がいたとしても、今の私は、ちっとも変ってはいなかったろう、と思う。

夫は――三十六歳になるが、この人のことは、何と言ったらいいのだろうか？

かつては老《ふ》けて見えた。結婚したときは二十九歳だったわけだが、式に出席した大学時代の友達が、

「あちらは再婚なの？」

と真顔で訊《き》いて来たくらいだから、三十代半ばには思われていたはずだ。

でも、実際に三十代後半に入った今、改めて見直してみると、結婚当時とちっとも変っていないのが分る。つまり、今は年齢相応に見える。もう、四、五年たてば、

「年齢の割に若く見えるわね」

と言われるようになるかもしれない。

人柄は……いい人である。

よく古い小説などを読むと、夫のことを、「良人」と書いてあるけれど、正にその言葉のイメージにぴったり来る人である。

けれども、「いい人」は恋する対象にはならない。平和だけれど、退屈で、腹も立たないかわりに、喜びもない。

無口で、もっさりしていて、何を考えているのか、よく分らない人だが、決して偏屈ではない。その点だけは、夫のためにも言っておかなくては不公平というものだろう。

でも、何があっても怒りもせず、といって冗談の一つも口にしないで、新聞を隅から隅まで読むのを趣味にしているような人との暮しがどんなものか、これは経験のない人には分るまい。これは別に自己弁護というわけじゃないのだ。私は——いや、長くなるので、ともかく先を急ごう。ほら、家がもう見えて来た。

持主そのままのような家だ。つまり、どことい って特徴のない、ありふれた建売住宅である。

結婚したときには、もう夫はこの家を買ってしまっていたので、私の口出しする余地はなかった。私が一緒に選んだのなら、もう少し個性のある造りの住宅を選んでいただろう。もちろん買い直すほどの余裕がないことは私も承知していた。結婚した後、せめて内装だけでも、華やかにしようと、カーテンだのカーペット、壁紙に至るまで、派手な色柄のものに変えたけれど、家の外見までは変えられない。——もっとも、そのときは派手だったカーペットや壁紙も、今はすっかりくすんでしまった。

わずかに、カーテンを毎年取り換えることで、退屈を紛らわしているのだ。

そうだわ、と私は思った。そろそろカーテンを春らしい色のものに変えなくちゃ……。

あれ?——と思ったのは、リビングの窓にカーテンがひいてあったからだった。

「あの人、まだ帰ってないのかしら?」

と呟《つぶや》いた。

それなら都合がいいのだが、と考えて、すぐに思い直した。そんなはずはない。家を出るとき、リビングは薄いレースのカーテンだけにしておいたはずだ。

それなのに今は、厚手のカーテンが引いてある。——やはり帰って来ているのだ。

しかし、明りは点《つ》いていない。帰って来て、カーテンを閉めて、なぜ暗いままにしているのだろう？

あの人らしくないことだった。そしてあの人は、普段と違うことは、滅多にやらない人なのである。

玄関のドアを、ためしに引いてみた。鍵《かぎ》はかかっている。ハンドバッグから、鍵を出して、ドアを開けた。

玄関の明りも点いていなかった。——何だか妙だ。どこか、おかしい。

薄暗い玄関で靴を脱いで上ると、手探りでスイッチを押した。

何だか、いやな気分になったのはこのときだった。——玄関には夫の靴がある。それはいい。

しかし、まるで放り出したように、片方は引っくり返り、もう一方はそっぽを向いていた。考えられないことである。あの、几帳面《きちょうめん》な夫が、靴をこんな風に脱いでおくというのは……。

何か、よほどのことが、起こったとしか思えない。

リビングルームへ入って、また当惑させられることが私を待っていた。ドアを開けたとたん、風が吹きつけて来たのだ。カーテンが大きく翻っている。

庭へ出るガラス戸が開けたままになっているのだった。ドアが開いたので、風が抜けて行くのだ。

一体どうしたというんだろう？

ともかく、私は後ろ手にドアを閉めた。風が、行く手を塞がれて、カーテンがゆっくりと元の通りに垂れ下がる。私は明りを点けた。

——夫はそこにいた。

ソファの上に、横たわっている。居眠りでもしているように、静かな表情をしていたが、そうでないことは一目で分った。

ワイシャツの胸元を赤く染めているのは、血に違いなかった。ずっと脇《わき》の方へと広がって、下のソファにも、黒ずんだ色となって、しみ込んでいる。

出張から帰ったばかりだったのだろう。夫は背広姿のままで、ネクタイもちゃんと結んである。持って行ったボストンバッグが、カーペットの上に置かれていた。

「——あなた」

と私は声をかけて近寄って行った。

死んでいることは、もう分っていた。生きている気配が感じられなかったのだ。

それにしても、どうしたというんだろう？

何があったのか？

どうしたらよいものやら分らなくて、私は夫を見下ろしながら、立っていた。——すると、突然、夫が目を開いた。

血に染まった夫を見つけたときより、このときの方が、よほどショックだった。危うく悲鳴を上げそうになった。

が、見開いたものの、夫の目は私を見ていなかった。たぶん、何も見てはいなかったのだ。

私は、夫の手が、微《かす》かに動くのを認めた。指が、細かく震えながら、空を探っていた。

私はこわごわ手をのばして、夫の手を握った。

握り返して来る手応《てごた》えは全くなかった。ほとんど、暖かさらしいものが、感じられない。

夫の唇が、動いた。——細い息が洩《も》れて、一つの言葉が、押し出されて来た。思いがけないほどはっきりと。

「ゆきこ……」

という一言が。

1　ある欠伸のこと

ふと、欠伸《あくび》が出た。

かみ殺して、こらえておけば良かったのだろうが、ここ二、三日の疲れもあって、多少気が緩んでいたのだ。一応手で隠しはしたものの、あーあ、と大きく口を開けて欠伸をしてしまった。

それがまさか私の命にかかわる結果になろうとは、誰が考えただろう？　欠伸のせいで命が危うくなる。——まるでクイズみたいだが、本当に、そんなことになってしまったのだ。

確かに、夫の葬儀のとき、妻が欠伸をするというのは、感心したことではないかもしれない。未亡人は悲しみに打ちひしがれて、ただじっとうなだれていなくてはならないのだろう。

しかし、私とて、夫の死を、悲しまなかったわけではない。まあ、世間並よりは下かもしれないが、といって、表面上は悲しげに振舞いながら、頭の中では保険金のソロバンを弾《はじ》いている妻よりはましなつもりだ。

だが、どんなに夫の死を嘆いても、体が疲れれば眠くもなり、欠伸も出ようというものだ。

ただ、それが、焼香客の目の前だったのは確かにまずかった。

「千草！」

と、母が私をつついて、

「何ですか、みっともない」

と低い声で叱《しか》った。

そんなこと言ったたって……。私はふくれながら、頭を振った。ほんの一瞬、頭がすっきりしたが、それも一分とは続かず、また眠気がさして来る。

夫の告別式は、間もなく出棺の時間になろうとしていた。

夫の両親は既に亡くなっていて、告別式に出ていたのは、夫の妹ただ一人という寂しさだった。もちろん私は寂しくも何ともない。

夫の方に、気をつかわなくてはならない親族が少ないというのは、私にとっては正直なところ気楽なことであったし、また、夫との結婚を決めるとき、一つの有力な好材料になっていたことも事実である。

どんな二枚目のエリートが相手でも、うるさい親や兄弟がワンサとついていたら、遊びにはともかく結婚はごめんだ。その点、私の判断は誤っていなかった。

夫の妹は、私より二つ下の三十一歳だった。大阪へ嫁《とつ》いでいて、子供が二人ある。一人はまだ一歳になったばかりという、手のかかる時期なので、通夜に出て、その晩の新幹線で大阪へ帰り、今日は朝一番の新幹線で上京して来ていた。

「郁子《いくこ》さん、疲れない？」

と私の母が声をかけると、

「いいえ、大丈夫です」

と、しっかりした声で返事をする。

今の姓は木戸といった。私が結婚した翌年に、大阪へ行ってしまったので、私はこの義妹と、親しく話をしたことがない。といっても、よく似たもので、至って無口で、万事に控え目な、地味な人なのである。

小柄で、色は抜けるように白い。――どこか具合でも悪いのかと心配になるような白さだ。しかし、夫も割合に顔は青白い方だったが、めったに風邪《かぜ》もひかなかったから、顔の白さは、体質なのかもしれない。

美人というには派手さがないが、結構整った顔立ちをしている。兄と妹、似ていないこともないが、まあ逆でなくて良かった、とは言えそうだ。

「受付をやってるのは、会社の人？」

と、母が私に訊《き》いた。

「ご近所の人よ。大げさに受付でもないと思ったんだけど」

「ふーん」

母は、ちょっと不満そうだった。

「兄の会社の方《かた》はどうしたんでしょうね」

と、郁子さんが言った。

「本当よ」

と、母がすかさず言った。「普通なら、来て手伝って下さるものなのに……」

「忙しいんでしょ」

と、私は言った。

正直、私とて気にならないではなかった。お通夜の席に、夫の勤め先の人は、ついに一人もやって来なかった。そして、今日も、告別式だというのに、訪れるのは、ご近所ばかり……。

「ちゃんと連絡したの？」

と母がしつこく訊いて来るので、苛々《いらいら》と、

「したわよ！」

と言い返す。

「おかしいじゃないの、だって――」

「あら」

と、郁子さんが声を上げた。

「郁子さん。どうも……」

死んだ夫の友達だろうか。——こっちは、大分若々しく見える。

普通の背広上下に、赤っぽい派手なネクタイをしているのが、ちょっと奇妙だった。

「田代《たしろ》さん、お久しぶりです」

と郁子さんが頭を下げる。「あの——兄の学生時代からのお友達の田代さん」

私は、

「妻の千草です」

と頭を下げた。

「どうも……。とんだことになって」

田代という、その男性は、顔を伏せて、「いや、何も存じませんで、実は今日、彼の
——ご主人の会社へ何の気なしに寄ってみたんです。そこで初めて聞かされて……。こんな格好で申し訳ありません。そんな事情だったものですから」

本当に、かなりショックを受けている様子だった。

「一体どうしたんですか？　あんなに元気だったのに」

「何もご存じないの？」

と郁子さんがびっくりしたように、その田代という男を見た。

「いや、実は昨日までアメリカへ行ってたんです。何か……あったんですか」

「兄は殺されたんです」

と、郁子さんが声を低くして言った。

「まさか……」

と、田代がまた一段とショックを受けた様子で、唇をなめた。「まさか、そんなことまで――」

「本当なんですよ」

と郁子さんは言った。

「犯人は捕まったんですか？」

「いいえ、それがまだ。――今、警察が調べていますけど、誰がやったか分らないようです」

「あんないい人が……」

田代は首を振った。

もっぱら、話は田代と郁子さんの間で進められていたが、私の方は気が楽で良かった。

田代は、私の存在をやっと思い出した、という様子で、

「それは大変なことでしたね。僕でお力になれることがあれば、何でもおっしゃって下さ

い」

と、言った。

私は、ありがとうございます、と礼を言ったが、田代の口調はもうショックから立ち直って、儀礼的なものになっていた。「あんないい人が」と首を振ったあたりから、少しわざとらしさが見えていた。

殺されたと聞かされたときの驚きは、正に本物だったが。――ふと、私は、妙なことに気付いた。

殺されたと聞いて、田代は、

「まさか、そんなことまで――」

と言ったのだ。

これは妙な言葉だ。「まさか」はともかく、「そんなことまで――」というのは、どういう意味なのだろう？「そんなことまで」と言うからには、殺されないまでも、夫に何かが起こると予期していたのだろうか。

だが、こんな所で、訊くわけにもいかないので、私は黙っていた。

田代という男は、焼香を済ませると、夫の遺影に、割とあっさり手を合わせてから、

「申し訳ありませんが、仕事の途中でして……」

と、言い訳しながら帰って行った。

「あの人と親しかったの？」

と私は郁子さんに訊いた。「私、あの人のこと、聞いたことないけど」

「学校の頃のお友達で、ずっと地方に行ってらしたようですわ。そのせいで疎遠になってたんじゃないかしら」

「そう」

と肯《うなず》いたが、私はあまりすっきりしなかった。

いくら遠くにいる友達だって、年賀状くらいやり取りしているだろう。夫はあまり友人や同僚を家に呼ぶということをしなかったが、決して人嫌いではなかった。

なぜ、あの田代という男のことを、夫は口にしなかったのだろう？　それとも私が忘れていただけか。それは大いに考えられる！

「——あの方は？」

母が、不思議そうに言った。

「知らないわ。——郁子さんは？」

「さあ、私も……」

郁子さんも、さすがに戸惑い顔。というのも、入って来たのは、三、四歳の女の子の手を引いた、二十五、六の若くて、いかにも丈夫そうな女性だったからだ。

親子、という風には見えない。女の子は、いかにも利発な感じの、可愛《かわい》い顔立ちをしている。その子を連れて来ている女性は、一応黒いワンピースを着ているが、どうにも体に合っていない。たぶん、借り物なのだろう。

子供の、灰色のセーター姿ともども、上等な服を着ているとは言いかねた。

一体この二人は……。

「さあ、手を合わせるのよ」

と、若い女性が、女の子に言っている。

「おじちゃん、あそこにいるの?」

と、女の子が訊く。

「そうよ。ほら、お写真があるでしょ」

「うん……」

女の子は肯いていたが、焼香しながら、涙ぐんでいる若い女性の方を見て、

「ねえ、もうおじちゃんは来ないの?」

と訊いている。

死んだ、ということの意味が分っていないのだろう。しかし、それにしても、夫のことを「おじちゃん」と呼ぶのは、どういうことなのか?

「そうね、またきっと来て下さるわね」

と、その女性は女の子の頭を軽く撫《な》でながら言った。

目が真赤だ。私たちの方への挨拶《あいさつ》もそこそこに、足早に出て行く。白いハンカチが、クシャクシャになって、顔に押し当てられていた。

「——誰なのかしら？」

と、母が呆《あき》れたように言った。「こちらに挨拶もしないで……」

「親子じゃないみたいですね」

郁子さんも私と同じ感想を持ったようだった。「でも……見当もつかないわ。兄とどういう関係があったのか」

私は、いささか憂鬱《ゆううつ》な気分で、玄関の方へ目をやった。

近所の人たちが来ているのだ。今の二人が、物見高い奥さんたちの目にどう映ったか、考えるまでもない。

「きっとご主人のお妾《めかけ》さんなのよ……」

「隠し子なんて！　あんなに真面目《まじめ》そうな人だったのに」

「でも、あの奥さんじゃ、無理もないってところもあるけど……」

といった会話が、表では、交わされているに違いない。

しかし、だからといって、今、ここで追いかけて行って、

「あなたは主人とどういう関係だったんですか？」

などと訊くわけにもいかない。

ここはいとも冷静に振舞っている他はないのだ。

「奥さん」

と、受付をやってくれていた近所のパン屋さんのご主人がやって来た。「会社の方がみえてますが」

「そうですか」

私もだが、母の方が、ホッと息をつくのが分った。

入って来たのは、夫よりも若い様子の男性で、黒ネクタイは締めているが、スーツはありふれた紺だった。何だかずいぶん落ち着かない様子で、せかせかと入って来て、アッという間に焼香を済ませると、私たちの方へちょっと頭を下げただけで、行ってしまおうとする。

「ちょっとお待ちになって」

母が、我慢もここまでと口を開いた。

「はあ?」

「私は洋三さんの義理の母です。洋三さんの会社の方ですね」

「は——あの——河谷さんの下におりました。松山と申します。色々とお世話になりまして——」

と、あわてて頭を下げる。

「あなたが、会社の代表としておいでになったんですか？」

「いえ――あの――そういうわけでは――」

と、口ごもる。

「失礼ですけど、おたくの会社は、社員が亡くなったとき、課長さんも係長さんも、焼香にみえないのが習慣なんでしょうか？」

「お母さん――」

と私は言ったが、そんなことでやめるような母ではない。

「ずいぶん常識のない方が揃《そろ》ってらっしゃるんですね、おたくの会社には」

「はあ……」

松山という、いかにも気の弱そうな、その男は、額の汗を拭《ぬぐ》いながら一言もないようだった。

「あの――課長は出張中でございまして、係長も今日は病気で――」

「言い訳は結構です」

と、母がピシリと言った。「ご苦労様でした、お帰り下さい」

「ど、どうも……」

松山という男は、逃げるようにして出て行ってしまった。

確かに、母の言う方が正しい。私とて、かつてはＯＬ生活をしていたのだ。社員が死ねば、必ず告別式に出たものだし、あれこれと手伝いにも来るのが普通である。

夫の場合、誰かに殺されて、犯人が捕まっていないのが、こうも会社が冷たい原因なのだろうか？　だが、それだけではないだろう。

それくらいのことなら、誰しも目をつぶって参列するのが、一般的な日本人の感覚というものだ。

「何だか妙ね」

と、私は呟《つぶや》いた。

「あまり気にしない方が――」

と言いながら、郁子さんの方が、よほど気になっているようだった。

夫は、三十六歳だったが、まだ課長にはもちろん、係長のポストにもついていなかった。

本来なら、二年前に係長のはずだったのだが、不景気から会社側が、管理職のポストを減らしたので、先にのびてしまっていた。

夫が優秀なビジネスマンであったとは、私には思えないのだが、万年平《ひら》社員というほどやる気のない「落ちこぼれ」でもなかったのは、一応来年には係長の椅子《いす》につけると話していたことでも分る。

しかし、もともと仕事の話、会社の話などを、家へ帰ってからする人ではないのだし、私も敢《あ》えて訊く気にもなれなかったから、夫が社内で、どんな位置にいたものか、知る由もなかったわけだ。

それにしても、確かに会社は冷たすぎるという気がした。

「――あの人は？」

母に言われて気が付いた。夫と同じくらいの年齢だろう。黒の上下で、一応、きちんとした身なりである。

「会社の方なのかしら」

と私が呟くと、

「たぶんそうだわ」

と、郁子さんが言った。「兄と同期だった方じゃないかしら」

その、少しずんぐりした、色の黒い男は、焼香を終ると、私の前に坐《すわ》った。

「同僚の平石です」

と頭を下げる。「ご主人とは同期入社で、長く机を並べていました」

「そうですか」

「お気の毒です。まだこれからだったのに」

「恐れ入ります」

「一緒に組合で活動した仲ですが……」

と、その平石という男は、夫の写真を見て、「――あんなことにはなったが、友人という気持には変りありませんでした」

あんなこと？——どういう意味なのだろう？

「うちの社から、誰か来ましたか」

と、平石は訊いた。

「さっき松山さんという方が——」

「松山が？　松山だけですか？　それはひどい！」

平石は腹立たしげに言って、「せめて、社長の、千田が出て来るべきなのに」

「社長さんがですか」

私は面食らって訊き返していた。夫の会社は、一流企業ではないにしても、出張所を含めると千人近い社員をかかえていた。役づきでもない社員の告別式に、社長が出るべきだというのは、また意外な言い方だった。

「当然ですよ」

と、平石は言った。「千田社長は、ご主人のおかげで首がつながったようなもんじゃありませんか。それなのに松山のような下っ端一人か。——会社なんて、勝手なもんだ」

どうやら多血質の人らしく、顔を紅潮させて、怒っている。

しかし、社長の首が、夫のおかげでつながった、というのは、何の事だろうか？

「あの——」

と、言いかけると、平石は、

「では、これで」

と、唐突に頭を下げて、帰って行った。

「千草さん」

と、郁子さんが言った。「今のお話、どういうことなんですか？」

「私にも何だか分らないわ」

郁子さんが、ちょっと不愉快そうな表情を見せた。私が隠していると思ったらしい。

しかし、何とも妙な人ばかりが、やってきたものだ。

田代という、なぜか私の聞いたこともなかった、夫の「親友」。夫のことを「おじちゃん」と呼ぶ女の子と、その手を引いた若い女。会社からは、夫の部下が一人、そして同期の同僚は、妙なことを言って帰って行く。

こんなに、妙な顔ぶれの告別式があるだろうか？

――出棺となって、私は、夫の遺影を手に、表に出た。

集まっていた近所の人たちの間に、言葉にならないどよめきが走った。好奇の目が、私に降り注いでいるのを、感じた。同情を寄せてくれる気配は、まるでなかった。私とて、別に同情などしてほしくもなかったが。

ここから火葬場へ行く。本当なら、残された妻は、目を赤く泣きはらしていなくてはならないのだろうが、私は役者ではないから、上手に泣くような真似《まね》はできない。

夫の死を悲しんでいなかったとは、思ってほしくない。ともかく、七年間、生活を共にし、そうひんぱんに、というわけではないまでも、一つ床の中で抱かれた夫である。寂しさと、虚《むな》しさと、少しばかりの悔いは、心の中で、チリチリと音を立てて燃えた。

しかし、涙は出て来なかったのである。妙な焼香客のことに、気を取られていたせいもあるだろう。

ご近所の男の人たちが、棺を運び出して来る。ずいぶん重そうだ。

少しざわついていた人たちが、静かになった。

「失礼します。ちょっとどいて下さい」

葬儀社の人が、人を分けた。——そのとき、突然、

「何をするんだ！」

という叫び声がした。

みんなが一斉に声の方を振り向く。人をかき分けて、一人の若者が飛び出して来た。長髪の、二十四、五の青年だ。ジャンパーにジーンズ姿。——とっさのことで、それだけしか分らなかった。

青年は、凄《すご》い勢いで突進して来ると、私を突き飛ばした。私はみごとにひっくり返り、夫の遺影は二、三メートルも投げ出されて、ガラスの割れる音がした。

「待て!」

という声と共に、コートをはおった、二人の男が、青年の後から飛び出して来た。

青年は、棺を運んでいた、先頭の一人にぶつかってよろけながら、そのまま走り続けた。棺の方は、一人が完全に尻もちをついたおかげで、派手な音をたてて地面に落ちてしまった。

それだけでは済まなかった。青年を追いかけていた二人の内の一人が、足が滑ったのか、落ちた棺をもろに蹴《け》とばして、声を上げて、前のめりに転倒した。もう一人は、青年の後を追って走って行く。

「畜生！——待て！」

転んだ男は、痛そうに顔をしかめながら起き上ると、そう怒鳴って、片足を引きずりながら、もう一人の後を追う。

私はやっとの思いで起き上った。——一体何事だろう？

郁子さんが、急いで、写真を拾い上げた。ガラスの破片がバラバラと落ちる。

「こんな……ひどいわ……」

郁子さんが、泣き出した。

誰もが、しばらくは呆気《あっけ》に取られていた。私は、といえば、もちろん腹も立っていたが、ここまで来たら、もうどうでもいいような気にもなっていた。

これでこの近所の人たちは、三日間は、話の種に事欠かないだろう、と思った……。

2　闇の声

「失礼ですが――」

　私は、最初、自分が声をかけられたのだと気付かずに、足を早めた。

「ちょっと、失礼します」

　くり返し言われて、足を止め、振り返った。

「私ですか？」

「ええ。河谷千草さんですね」

「そうですが……」

　私は、ちょっと警戒するように、その男を見た。――四十歳ぐらいの、あまりパッとしない男である。

　私が警戒心を抱いたのは、マスコミ関係の人間かと思ったからで、実際、このところ日に三度は、週刊誌や雑誌の類《たぐい》から、電話がかかって来て閉口していた。夫を殺された悲劇の妻というところなのだろうが、取り上げられる方は、たまったものではない。

　もう告別式から一週間たっている。――まだ、夫を殺した犯人は分っていなかった。私は、あの家に一人で住んでいる。母が、帰って来いと言ってくれたが、私としても、一応、夫の物を整理しなくては、動くことができないので、ともかくしばらくは一人暮しを続けることにしていた。

多少、世間の目に奇妙に映るにしても、そんなことは気にならなかった。ただ、困るのは買物で、近くのスーパーマーケットや、商店街では、必ず知っている人と会うことを覚悟しておかなくてはならない。

会うこと、それ自体は別に構わないが、あれこれと訊《き》かれたり、話をしたりしなくてはならないのが、たまらないのだ。だから、たまの買物は、こうして駅前までバスで出て来て済ませることにした。

「ちょっとお話が……」

と、その男は言った。

ポケットから、警察手帳が覗《のぞ》いた。

「分りました」

手近な喫茶店に入って、私は、コーヒー代は払ってくれるのかしら、と考えながら、腰をおろした。

「ご主人のことは、本当にお気の毒でした」

「どうも……」

何を今さら、という気持だった。それに、夫の事件については、何人もの刑事と話しているが、この男は初めてだ。

「いや、実は、お詫《わ》びしなくてはならないことがあったので……」

とその刑事は言った。

「どういうことでしょうか?」

「ご主人の告別式のときのことです。私の部下が、とんでもないことをやらかしたそうで――」

「ああ……。じゃ、あのときの……」

「申し訳ありませんでした。昨日になって、やっと私の耳に入ったものですからね」

「済んだことですから」

「そうおっしゃっていただくと、却《かえ》って心苦しいですよ」

これまでに会った刑事たちとは、ちょっと違っている。言葉づかいや口調も、穏やかで、こちらに抵抗を感じさせなかった。

「一体、あれは何の騒ぎだったんですか?」

と私は訊いた。「何だか、若い人を追いかけてらしたようですが……」

「あの若いのは過激派でしてね。手配中なんです」

「まあ」

チラリと見ただけでは、とてもそんな風には見えなかったが……。

「――ご存じありませんか?」

と、刑事は、私から目をそらして、言った。

「え? 何をですか?」

「あの男です。志村一郎というのですが」

「いいえ! どうして私が――」

「ご主人の告別式を、じっと表で見ていたのです」

「そんな……」

私は戸惑った。「たまたまじゃありません? そんな人のこと、聞いたこともありませんわ」

「そうですか」

と、刑事は肯《うなず》いた。

「当人にお訊きになったら?」

「それが、逃げられてしまいましてね」

と刑事は、ちょっときまり悪そうに頭をかいた。「しかし、尾行していた二人の話では、確かに、志村は、お宅へ行ったのだということでした。たまたま立ち止ったとか、そんなことではなかったというのです」

「でも……どうして家に？」

「ご主人は、何か、学生運動とか、革新系のグループに関り合っておられませんでしたか？」

「うちの主人がですか？——まさか！」

私は、反射的に、言葉を返していた。

絶対にそうだと言い切れるかと問われたら、私としても断言はできない。何しろ、夫が外で何をしているか——会社以外の所で、いや、会社の中でさえも——まるで知りはしないのだから。しかし、夫が、そんな人間と接触を持っていたなどとは、とても信じられなかった。

「学生時代のことはご存じですか」

と、刑事は訊いた。

「いいえ……。話したことも、あまりありませんでした」

「思想的には、どういう傾向の方《かた》だったんですか？」

「さあ……。無関心だったんじゃないでしょうか。その手の話は全然しませんでしたから」

「誰か、突然夜中に訪ねて来たりとか、電話がかかるということは、ありませんでしたか？」

「いいえ」

「友人関係は？」

「会社の同僚の方とは……時々お付合いがあったようですが、あまり家へ連れては来ませんでしたから」

「なるほど」

　刑事は、ちょっと考え込んだ。――その間が、やり切れないような重さだった。

「主人が、そういう組織に関係していたとおっしゃるんですの？　そして、殺されたのも、その関係だと――」

「いや、そこまでは言っていません。あくまで仮定の話ですからね。しかし、万一、何らかの形で、関っていたとすれば、動機として充分に考えられるでしょう」

　妻としての直感からしか言いようはないが、夫が、そんなことに関り合うとは、私には到底信じられない。理屈でないだけに、それは否定することもできないのだ。

「部下の方の勘違いだと思います」

　と私は言った。

「ああ、そりゃもちろん、大いにあり得ますよ」

　と、刑事は言った。「今は一人でお住いですか」

　突然話が変って、私は面食らった。

「ええ……。まあ、そういうことです」

「お寂しいでしょうね。ご実家の方へは帰らないんですか」

私は腹が立って来た。

「何か関係があるんですか、そんなことが」

「いや、そういうわけじゃありません」

「夫を殺した犯人はまだ見付からないんでしょう？　早く解決していただきたいものですわ」

「一生懸命やってるとは思いますがね。——決して逃がしはしませんよ、大丈夫」

私は、刑事の、人を食ったような、軽く笑みを浮かべた顔を見ていた。一体どういう男なのだろう？

「——どうも、お引止めしました」

と、刑事は立ち上った。

「いいえ……」

刑事は伝票を取って、レジの方へ歩きかけて振り向いた。

「申し遅れました。私は落合といいます。またその内に」

呆気にとられている私を残して、その刑事は、さっさと店を出て行ってしまった。

家に帰り着いても、まだムシャクシャした気分で、夕食の仕度など、する気にもなれない。

あの落合という刑事の、少し人を小馬鹿にしたような態度が、カンに触ったのだ。

夫が、過激派と関り合ってたって？　馬鹿らしい！　確かに本好きではあったけど、その本棚には、『資本論』だって見当りはしない。

無性に腹が立って、居間の中をグルグル歩き回っていると、玄関のチャイムが鳴った。

――まさか、雑誌の記者か何かで……。

「はい、どなた？」

とインタホンで声をかけると、

「竹中です」

と、隣の奥さんの声がして、ホッとした。

「あら、どうも」

ドアを開けて、「回覧板？――じゃ、ハンコを押すから。上って行かない？――まだ夕ご飯の仕度には時間あるでしょう？」

「ええ、でも……」

と、竹中さんの奥さんはためらった。

「いいじゃないの。誰かと話したくて仕方ないのよ、頭に来ることがあって。ね？　いいでしょ、ちょっとだけ」

「それじゃ……」

いつもなら、自分から上り込んで、一時間でも二時間でも、おしゃべりしていくのに、今日はどうしたことか、渋々という様子で上りかけ、

「――あ、そうだわ」

と言った。「今日は主人、帰りが早いの。また今度、お邪魔するわ」

下手な芝居も、こう見えすいていると怒る気にもなれない。諦《あきら》めて、回覧板にハンコを押し、中も読まずに渡すと、相手は、

「じゃ、これ、持ってってくわ。失礼しました」

と、逃げるように出て行く。

どうなってるんだろう?――私は、いささかやけになって、居間のソファにひっくり返った。

夫は、この部屋で死んでいたのだ。

「よく一人で居られるわね」

と、母が呆《あき》れていたが、私は別に迷信深い人間じゃないから、幽霊が出るとは思わない。

それに、たたられるとすれば、夫を殺した犯人の方で、私じゃないはずだ。まあ、夫を裏切っていたのだから、多少は恨まれているかもしれないが、殺されるほどのことはある

まい。

「――寝てたって、お腹は一杯にならないわね」

一人になると、出前を取るといっても、不便である。二つ以上でないと、出前してくれないところが多いからだ。

仕方なく起き上って、財布を握り、近所の中華料理店へ足を向けた。

少し離れているので、あまり見知った顔もいない。店は、少し夕食時間には早いが、半分くらいは入っている。

奥の二人用のテーブルに、入口に背を向けて坐《すわ》った。――定食を取って、食べていると、隣のテーブルに、若い夫婦が坐った。

あまり見ない顔だが、奥さんの方は、一、二度スーパーでみかけたようでもある。

TVのニュースに、漫然と目をやりながら、食べていると、

「――犯人が捕まるといいわね」

という声に、ふと耳を取られた。

犯人、殺人、といった言葉に、敏感になっているのである。

「たいてい警察は目星がついてるんだよ」

「そうかしら?――噂《うわさ》じゃ、奥さんだろうって言ってるけどね、みんな」

「男を作ってた、とかいうんだろう?」

「そう。評判だったのよ。それに、今でも一人であの家に住んでるんだもの。普通なら、旦那《だんな》さんが殺された家に一人でいようなんて気になれないんじゃない？」

「そりゃ怪しいよな」

「それに、お葬式のときには、大欠伸《おおあくび》してたんだって！　ひどいじゃない？　旦那さんの棺の前でアーア、なんて、凄《すご》い度胸よ」

「まあ、その内逮捕されるんじゃないか」

「ずいぶん刑事がこの辺回って、あの奥さんの評判、聞いてるみたい。愛人が見付かりゃ、有罪と決ったようなもんね」

「殺したのは愛人の方かもしれないぜ。届け出たのは、奥さんだったんだろ？」

「そうなの。大胆よね。でも、大体、殺人なんてやる人って、肝心のところで、抜けてるじゃない」

「そんなもんさ。自分じゃ頭がいいつもりで、安心してるんだ。殺人犯ってのは、うぬぼれが強いんだよ」

「うちにも刑事が来ないかしら。本当の聞き込みなんて、出くわしたことないもの」

「――おい、これお前の方だろ？――はし取ってくれ」

二人は、食べる方に、熱中し始めた。

私は、はしを持つ手が震えて、食べ続けることができなかった。――私が夫を殺したと思われてるなんて！

今の二人の話が、他の事件のことだとは、到底思えない。間違いなく、私の話をしていたのだ。

隣の奥さんが、どうしても上って行こうとしなかったのも、これで納得がいく。それにしても……。

混乱していた。どう考えていいのやら、分らなかった。本当に、警察も私を疑っているのか？――まさか！

これは噂だ。近所の、無責任な噂に過ぎないのだ。警察だって、無実の人間を捕まえるほど、馬鹿じゃないはずだ……。

とても、食欲など出ない。私は、その二人の方へ顔を向けないようにして、席を立った。料金を払っている間も、誰かが、私を見て、気が付くんじゃないか、という気がして、じっと顔を伏せていた。そして、逃げるように店を出た。

何も悪いことはしていないのだ。平然としていればいいのだ、と自分に言い聞かせても足取りは、勝手に早くなった……。

家へ帰り着き、少し息を弾ませながら、ソファで休むと、大分落ち着いて来た。

「こんな話、聞いたことないわ！」

と、吐き出すように呟《つぶや》く。

確かにお葬式で欠伸はしたけれど、だからって人殺しだと言われたんじゃ、たまらない。

私は、浴室へ行って、熱いシャワーを浴びた。もちろん、そんなことで、どうなるものでもないけれど、多少は気を取り直すことができる。

バスローブを着て、濡《ぬ》れた髪を拭《ふ》いていると、電話が鳴った。

「河谷です」

「千草？」

「何だ、お母さんなの。何か用？」

「どうしてるかと思ってさ。もう片付いたの？」

「そう簡単にはいかないわ。色々とやることもあるし……」

「帰っといで。お父さんも気にしてるよ」

「帰れるようになったら帰るわよ」

「うちに来てたって、用はできるだろ？　そこは閉めとけばいいんだし」

「そうね……。でも、もう少しだから」

「まあ、お前の好きにすればいいけどさ。――たまには出かけてるの？」

「うん」

「じゃ、こっちにもお寄り。いい？」

「時間があったらね。――今、お風呂出たばかりなの。また電話するわ」

――電話を切って、私は考え込んでしまった。

今日、あの夫婦の話を耳にするまで、考えてもみなかったことだが、実際、冷静に考えて、私が疑われるのには、理由がある、と思った。

あの欠伸のことは別としても、ともかく、私たち、夫婦の間がうまく行っていたとは言えない。「うまく行っている夫婦」が、果してどのくらいあるものやら、訊いてみたい気もするが、それはともかく、私は浮気していた。それは事実である。

今の恋人は、最初の浮気相手というわけでもなくて――三人目である。付き合い始めて一年。これまでの男の中では一番長い。

もちろん、それだけで夫を殺したことにはなるまいが、警察から見て、大きなマイナスイメージであることは確かだ。

それに、夫が刺された時間――私が帰り着く、一、二時間前ということだった――の、アリバイがない。言うまでもなく恋人とホテルにいたのだが、それを立証するのは難しい。彼が証言してくれるとしても、当然、警察は共犯と思うだろう。第三者の証人は、いないのだ。

そして、私は死体の（厳密に言えば、まだ夫は生きていたわけだが）発見者だ。小説ならともかく、現実には、死体を見付けた、と届け出た人間が犯人という可能性は高いらしい。

しかし、これだけでは、逮捕されることはないだろう。怪しい、と思われたとしても、何一つ証拠はないのだから。

本当に――本当にそうだろうか？　何十年も前の事件が、今でも無実か否かをめぐって争われている。証拠がなくても、自白だけで逮捕されている人たちが、現実にいるのだ。安心はできない。

もし万一、私が逮捕されたりしたら、どうなるだろう？

会社の役員をしている父は、当然辞職して家に引きこもってしまうだろう。母は、付合いが多くて、顔も広い。それだけに、そんなことになれば、一歩も外へ出られなくなるに違いない。

いくら、私はやっていない、と断言したところで、世間の目は、どうすることもできないのだ。

私は頭をかかえた。――いくら考えてみても、私の力で、どうこうできる問題ではない。まさか――まさか、自分で犯人を捕まえるなんて、TVか映画のような真似《まね》ができるはずもない。

あの刑事、落合といったっけ。

あの男も、私のことを疑っていたのだろうか？　告別式の出来事の詫びを言いに、わざわざ会いに来るというのも、考えてみれば妙な話だ……。

そこまで、考えて、ふとあることに思い当った。――落合刑事は、なぜ、あんな場所で、声をかけて来たのか？　あそこで偶然会ったはずはない。となると――つまり、私は監視されていたのではないか？　気付かないままに、尾行されているのではないか……。

私は、二階の寝室へ行った。明りを点《つ》けずに、窓辺に寄って、カーテンの端をそっと細く開けて、外を覗いてみる。

街灯に照らされて、コートをはおった男が一人、手もちぶさたに立っている。どことなく、見たことがあるような気がした。

そうだ。――告別式のとき、落ちた棺につまずいて、倒れた刑事だった。

私は、そっとカーテンを戻した。指先が、少し震えていた。

3　狭まる罠

一目、彼の顔を見て、終りだということは分った。

できるだけ目立たない、小さなコーヒーハウスを選んだのだが、ともかく彼は来たくなかったのだ。

店へ入って来るなり、苛々《いらいら》と、唇を歪《ゆが》めながら中を見渡した。私が手を上げると、急ぎ足でやって来て、向いの席に坐《すわ》る。

「急ぐんだ」

と、言った。「仕事の途中なんだよ」

彼の名は久保寺《くぼでら》。私の恋人だ。いや、だった。

ウエイトレスが来ると、

「何もいらない。すぐに出るから」

と、突っけんどんに言った。「何の用だい、一体？」

私は、怒る気にもなれず、久保寺を眺めた。

「分ってるでしょう。——主人は殺されたわ。そして私が疑われてるの」

「お気の毒だね」

「ずいぶん冷たいのね。私のアリバイを立証できるのは、あなただけよ」

「よせよ。僕の証言なんか、信じると思うか？　むだだよ」

「でも、他にいないわ」

久保寺は身を乗り出すようにして、

「いいかい、僕は女房持ちだ。子供もいる。君とのことは、あくまで遊びで、家庭はお互い大切にするという約束だったはずだ！」

と語気を強めた。

「こんなときは――」

「どんなときでもだ！」

と、かみつくように言った。「僕の女房は部長の娘なんだ。君とのことがばれたら、僕は終りだ」

「私が殺人容疑で捕まってもいいの？」

「自分でまいた種じゃないか」

と久保寺は、引きつったような笑みをうかべた。「――自分で解決しろよ。僕を巻き込まないでくれ」

「つまり……証言はしてくれないのね？」

「君とのことは全部なかったことにするさ。幸い、僕らは慎重に振舞って来たからね。人目についちゃいないはずだ。もう赤の他人ということにしようじゃないか」

「道で会っても、知らん顔ってわけね」

「それがお互いのためだ。——なあ、君だってその方が得だよ」

少し声がやわらいで、「恋人がいたなんて分ったら、君は不利になる。その時間は、デパートを歩いてたとか、何とか言えばいい。誰にも嘘《うそ》だとは言えないはずだよ。その方がいい」

私は、ちょっと笑った。

「そのセリフ、私が電話してから、必死で考えてたの？」

と訊《き》いてやった。

久保寺は、店のマッチを手の中でいじり回していた。

「ともかく……たとえ、刑事が来て君とのことを訊いたとしても、僕は知らないと答えるぜ」

「お好きなように」

私は手を振った。「行ってよ」

「じゃ——」

と、久保寺は立ち上って行きかけ、

「悪く思うなよ」

と言った。

私は久保寺を冷ややかに見て言った。

「あんたはクズよ」

久保寺が出て行くと、何だか、急に疲れたような気がして、目を閉じた。

久保寺の立場は、むろん私も分っているから、証言を強要するつもりは、なかった。ただ、せめて、心配そうな言葉の一つも聞こうと思って、都心まで出て来たのである。のっけから、ああ来るとは……。

久しぶりの外出で、少し弾んでいた心も、すっかり鉛を溶かしたようになってしまっていた。——男と女のつながりなんて、脆《もろ》いものだ。

私は腕時計を見て、もう行かなくちゃ、と口の中で呟《つぶや》いた。

重い腰を上げて、店を出る。——外の明るさは、まぶしいほどだった。

ふと、刑務所から出るときも、こんな感じかしら、と思って、一瞬、身震いが出た。

夫の会社は、一応九階建てのビル全部を占めていた。といっても、細長い造りのビルで、両隣が堂々たるビルなので、大分みすぼらしく見える。

一時十五分になっていた。遅目の昼食に出たサラリーマンが、何人か連れ立って、ビルへ入って行く。一人がゴルフのクラブを振る真似をすると、たちまち左右から「論評」が加えられた。

夫も、あんな風に同僚たちと話をしていたのだろうか、と思うと、不思議な気がした。

あまり軽やかとは言えない足取りで、ビルの中へ入る。少し暗くて、冷え冷えとしていた。

受付もあるが、人の姿はない。案内のパネルを眺める。――〈庶務一課〉は、四階になっていた。

「――ご用ですか?」

という声に振り向くと、二十四、五の、若いＯＬが立っている。

夫が会社で撮った写真で、見憶《みおぼ》えのある事務服を着ていた。野暮ったいデザインの紺の服で、昔私が着ていたのと、よく似ている。どうして事務服というのはこうもよく似ているのかしら。

「庶務の方《かた》に――」

と言いかけると、

「あの、失礼ですけど、河谷さんの……」

と、こっちをまじまじと眺める。

「ええ。家内ですが」

「そうですか。私、柏木と申します。ご主人には色々お世話になりまして」

なかなか感じのいい女性だった。「この度は本当に残念でした。あんないい方が……」

「恐れ入ります」

「どうぞ。ご案内しますわ。庶務一課にご用ですね」

エレベーターで四階へ上る。

「以前はご主人の下で働かせていただいていたんです。去年から所属が変ってしまったんですけど。最後の方は、独白に近い言い方でしたのに……」

本当にいい方だった。あの無口な、人畜無害な夫も、会社では結構女の子にもてたのかしら、などと考えていた。

四階でエレベーターを降りると、廊下を案内されて行く。向うから、同じ事務服の女の子がやって来た。

「幸子《ゆきこ》さん、昨日の書類、お願いね」

と、すれ違いざまに、声をかける。

幸子？——ちょっとギクリとした。

夫が死に際に、呼んだのが、「ゆきこ」だった。もちろん、ゆき子という名は少なくない。

だが、もしかして、この女性がそうなのか？——しかし、私には、夫が、会社の女の子と、こそこそラブホテルへ入って行く光景など想像もつかなかった。あの人は、そんなタイプではない。

「こちらでお待ち下さい。庶務の者を呼んで参りますので」

と、柏木幸子という、その女性は、小さな応接室へ私を通しておいて、出て行った。

一人になって、ソファでのんびりしていると、さっきの久保寺の態度に、改めて腹が立って来る。もちろん、一時の遊びであることは、お互い承知の上だが、それにしても、こっちにとっては生死にすらかかわる問題なのだ。もう少し、真心があってもいいのじゃないか。

夫が聞いたら、勝手なことを言って、と笑うかもしれない。

夫は私が浮気していたことを、知っていただろうか？――私には分らなかった。たとえ知ったとしても、態度が変るような人ではないのだ。

「お待たせしました」

と入って来たのは、四十がらみの、メガネをかけた男で、いかにも「会社人間」というタイプだった。

機械的に悔みの言葉を述べた後、

「ご主人の退職金の件ですが――」

と、すぐに用件に入る。

書類を見せながら規定を説明し、事務的に話を進めてくれるのが、却《かえ》ってありがたかった。くどくどと夫の思い出話などされるのはかなわない。

「印鑑をお持ちになりましたか？　では、ここここへ――」

話が済むと、

「では小切手でお渡ししてよろしいですか？――それじゃ、ちょっとお待ちを」

と出て行く。

きっと、本来の仕事が忙しいのだろう。

そう。誰もが忙しい。――人一人の死に、いつまでもかかずらってはいられないのだ。

「失礼します」

軽くドアをノックする音がして、さっきの柏木幸子が、お茶を運んで来てくれた。

「遅くなりまして」

と、私の前にお茶を置く。

そして、少し黙ったまま立っていたが、

「早く犯人が捕まるといいですね」

と言った。

「ええ。でも、その内捕まるんじゃないかしら」

と私は、お茶を飲みながら、言った。「私が、ね」

「まさか」

と柏木幸子は目を丸くした。

「本当なんですよ。私がどうやら疑われているらしくて」

「馬鹿げてますわ、そんなの」

柏木幸子の言い方は、至って素直で、ごまかしているとは見えなかった。

「会社にも聞き込みに来ませんでした?」

「警察がですか? そりゃあ——同僚の人なんかは、少し訊かれたようですけど」

私は、何となくこの女性に好感を持った。十年くらい前の私とよく似ているような気がしたのだ。

「私と主人の間は、あんまりうまく行ってなかったんですよ。そのせいもあって……」

「ご主人、そんなこと、一言もおっしゃいませんでしたわ」

「そうですか。私は——他に恋人を作ってて。疑われても仕方ないんですけどね」

「まあ……」

柏木幸子は、困ったような顔で立っていた。

「主人が、会社のどなたかと親しくしているという話は、ありませんでした?」

と私は訊いた。

私は柏木幸子の表情を、じっとうかがっていたが、彼女は当惑した様子で、

「女性とですか？　いえ、全然！　とっても真面目《まじめ》な方でしたもの、そんなことなかったと思いますわ」

「実は、うかがいたいことがあったんですの」

と私は言った。「告別式やお通夜に、ほとんど会社の方がみえなかったので、どうも気になって……。理由をご存じでしたら、教えていただけません？」

「それは……」

柏木幸子は、ためらった。そして、廊下をサンダルの音が近づいて来るのを聞いて、

「よろしければ、今日の帰りに――。六時頃に、この近くのNホテルのロビーで待っていて下さい」

と、早口に言った。

「お待たせしました」

と、庶務課の男が、小切手を手に入って来る。

柏木幸子は、一礼して出て行った……。

退職金は、あれこれ合わせて、ほぼ四百万円ほどになった。生命保険が出れば、多少は助かるが、事件の解決もつかないのでは、難しいかもしれない。

礼を言って、応接室を出た。――エレベーターの前で、待っていると、小走りの足音がして、

「あの、すみません」

と、私服の女性がやって来た。「河谷さんの奥様でいらっしゃいますね」

「はい」

「社長秘書をしている者です。実は、社長がお目にかかりたいと申しておりまして」

社長が？——私は、夫と同期だと言ったあの、平石という社員の言葉を思い出していた。千田社長の首がつながったのは、夫のおかげだ……。

会ってみよう、と思った。


「やあ、どうも」

大きな机の向うで立ち上った男は、およそ私の中の社長というイメージとはほど遠かった。

尊大な態度の、太ったタイプかと思っていたのだが、見たところは温厚で、髪は白くなりかけているが、その割には長身の男である。何だか社長というより、どこかの学校の校長という印象だった。

「河谷君の奥さんですか。どうも、この度はお気の毒なことで——」

と、大仰な手ぶりで椅子《いす》をすすめ、秘書にコーヒーを出すように言いつけた。

「いや、告別式にうちの管理職が一人も行かなかったと後で聞きましてね。何たることだ、と怒ったんですよ。いや、申し訳ありませんでした」

「はあ……」

「あの日はたまたま我が社のパーティがありましてね、そちらへみんな出ていまして。――部長に、うかがうよう言っておいたのですが、手違いで話がうまく伝わりませんでね。全くお詫《わ》びのしようもありません」

「いいえ、どうぞお気づかいなく」

と私は言った。「主人のような平《ひら》社員のことを、そんなに気にかけていただけるなんて、幸せですわ」

「いやいや、ご主人は本当に優秀な方でしたよ。来年には課長という話が決っていたんですから」

私はびっくりした。

「でも主人は係長でもなかったんです」

「人材に気づかないというのは、よくあることですよ。私も最近は直接ご主人と話すことがありましたからね、これは今まで課長にしなかったのが間違いだったと思っておったんです。といって、すぐに、というわけにもいかないので、一応来年ということで話はしていたのですが……。全く、残念でしたな、我が社としても」

死んだ後なら、社長にするつもりだったとでも言えるだろう。

「主人は、そんなことちっとも言っておりませんでしたわ」

「物静かで、頭のいい方でしたな」

と千田社長は肯《うなず》いて言った。

「そんな風におっしゃっていただけると嬉《うれ》しいですわ」

と私は言った。「主人が――社長さんのお役に立つような人だったなんて、思ってもいませんでしたから……」

「いや、どんな社員でも、役に立っているのですよ。私の、というより、会社のために、ですがね」

千田社長は一般論にすりかえて答えた。

どうしようか？　もっと正面から、夫がこの社長とどういう関り合いを持ったのか、訊いてみるか、それとも、ここは黙って引きあげるか……。

迷っていると、秘書が顔を出した。

「社長。販売会議のお時間です」

「そうか。――奥さん、申し訳ありませんが、ちょっと仕事がありまして」

「はい、お邪魔しまして」

「いや、とんでもない」

千田は、立ち上ると、わざわざエレベーターの所まで送って来た。

「——何かお困りのことがあれば、ご相談に乗りますよ」

と、千田は言った。

「ありがとうございます」

「一度、夕食を一緒にいかがです?」

私は面食らった。

「どうも……。その内に、また」

「ご連絡しますよ。ではこれで」

ちょうど、エレベーターが来た。

あれはどういう意味だろう?

ビルを出ながら、私は考えていた。——なぜ千田が、わざわざ食事に誘ったりするのか。気まぐれからの言葉とは思えない。

いや、エレベーターの前まで、わざわざ送って来て、ああ言ったのは、おそらく秘書にも、それを聞かれたくなかったからだろう。——つまり、千田は本気で私を誘っているのだということになる。

私は腕時計を見た。二時を回ったところだった。

柏木幸子は六時にNホテルで、と言った。行ってみよう。どんな話が聞けるのか、見当もつかないが。

それまで、大分時間がある。――私は実家へ足をのばしてみることにした。

「あら、千草なの」

母が出て来て、びっくりしたように言った。「突然来るなんて……。さあ、上りなさい」

「時間が空いたから」

「夕ご飯は？――食べて行かないの？――本当にせわしない子ね、全く」

母にかかっては、三十三の未亡人も子供扱いだ。

「会社に行って、退職金、もらって来たのよ」

「そう。まだ色々、面倒なことが残ってるのかい？」

「大体は片付いたけど……。ああ、いいのよ、構わないで」

「そんなこと言っても、お茶ぐらい飲む時間はあるんだろ」

と母の姿が台所へ消える。

一人じゃないって、いいことだな、と思った。――そろそろ帰って来てもいいかな。

私は一人っ子なので、誰に気がねもいらない。あの近所も住みにくくなって来るかもしれないし、もう実家へ落ち着いても、逃げ出したとは思われないだろう……。

居間の電話が鳴った。だが、何だか妙な音だ。見回すと、電話がクッションの下になっている。クッションをのけて受話器を取る。

「はい——」

つい、河谷です、と言いそうになる。実家の姓は、清原というのだ。

「もしもし」

男の声だった。ちょっと妙にくぐもった声である。

「どなたですか?」

「あんたの娘は亭主を殺したんだ」

「何ですって?」

「死んでお詫びをしろ。人殺しの親なんだからな」

「あなたは——」

と言いかけたとき、電話が切れた。

私は、しばらく呆然《ぼうぜん》として、受話器を手にしていた。そして、ふと気が付くと、母が立っている。

「お母さん……」

「世の中にゃ、変なのがいるんだよ。気にしない方がいいよ」

母が、私の手から、受話器を取って、フックへ戻すと、クッションをのせた。「夜中にもかかって来るから、こうしてるのさ」

「いつから?」

「そうね……。この二、三日かしら」

「もう、何回も？」

「いろんな人からね、お節介な人がいるもんだね、本当に」

「お父さんも知ってるの？」

「そりゃ、夜にもかかって来るからね。でも気にしちゃいないよ」

私は、目を閉じて息を吐き出した。こんなことになっているとは、夢にも思わなかったのだ。

「気にしなくていいんだよ。笑ってやりゃいいのさ」

「お母さん。私じゃないのよ。私、あの人を殺したりしないわ！」

「分ってるよ、そんなこと。——さあ、今、お茶を淹《い》れて来るからね。玉露だよ、味わって飲んでね」

母が出て行くと、私は考え込んだ。

いくら身に覚えがなくとも、世間が有罪を宣告してしまうことがある。このままではいけない。何とかしなくては……。

しかし、私に何ができるだろう？　警察も、私を疑っているとしたら、他に犯人を捜そうとは努力しないかもしれない。

といって、この私に、犯人を見付けることができるだろうか？

「さあ、お茶でも飲んで、元気をお出し」

母が盆を手に、入って来た。

4　夫の顔

ホテルのロビーへ入って行ったのは、六時に、あと二、三分というところだった。早目に行くつもりが、つい家で長居してしまった。地下鉄の駅から駆けつけるようにしてロビーへ入る。

都心のホテルのロビーは、泊り客よりも、ただの待ち合せの人がずっと多い。ここも例外ではなく、ソファを占めているのは、ほとんどが、ビジネスマンらしかった。

柏木幸子《ゆきこ》の姿はなかった。私は足を緩めて、軽く息を弾ませながら、ロビーを横切った。ソファは一つも空いていない。仕方なく、ロビーを見渡せる辺りをふらつくことにした。

――柏木幸子が、夫の死に際《ぎわ》の「ゆきこ」であるかどうかは別にしても、こういう事態になってみると、改めて、自分がいかに夫のことを知らずにいたのかを、痛感させられた。ただ一緒に暮していただけで、私は一度として夫の心の中を覗いたことはなかったのかもしれない。もちろん、話もしたし、冗談も言ったが、それは夫の演技に過ぎなかったのだろうか？

私は、夫の目を盗んで自分の生活を楽しんでいた。浮気をしても、夫にそれが知れなければ、それは夫を裏切ってはいないのと同じことだと思って来た。

しかし、実際には、何も知らなかったのは私の方だったのかもしれない。——あの告別式に来た人々は、夫が、外で私の知らない世界と関り合っていたことを、はっきりと示している。

そうだ。あの人たちの一人一人に当ってみよう。

夫が殺された。人を殺すというのは、よほどの事情があってのことだろう。その理由を知るには、まず夫を知らねばならない。

妻としては妙な言い方かもしれないが、死んでしまった夫の生活を、これから調べて行くのだ。その中から、きっと夫を殺した人間が浮かび上って来るのではないか。

確率の低い賭《か》けではあるが、そこへ賭けなければ、私の負けなのだ。

「——河谷千草様」

アナウンスが耳に飛び込んで来た。

「フロントまでお越し下さい」

私はフロントへ行って、名前を告げた。

「お連れ様が、八〇三号室でお待ちでございます」

とフロントの男性が言った。

わざわざ部屋を取っていたのか。よほど内密な話なのだろうか。

エレベーターで八階に上った。

廊下を歩いて行くと、どうみても、まともな恋人同士とは見えない、中年の男と、若い女の子が、肩を抱き合って来るのとすれ違った。男の方は課長クラス。女の子は、入社したての二十歳前後だろう。

何だか妙な気分だった。私と久保寺《くぼでら》は、ちゃんと（?）その手のホテルを使ったものだが、今はこういう、ごく普通のホテルが、逢引《あいびき》に使われているのだ。

八〇三号室の前に立って、チャイムを鳴らした。少し間があって、ロックが外れ、ドアが開いた。

意外な顔があった。

「あなたは――」

「すみません、驚かせて」

その若者は言った。「入って下さい」

私はためらった。――あの、告別式のとき、私を突きとばして逃げた若者だったのである。

「ご心配なく。柏木さんも一緒です」

と、その若者は言った。

「すみません、奥様」

柏木幸子が、顔を出した。「ロビーではお話ができないので」

仕方ない。私は中へ入った。

「僕は志村一郎といいます」

若者は名乗った。「この間は本当に失礼しました」

私は、椅子《いす》に腰をかけた。ツインルームだが、割合に手狭で、椅子が二つしかない。志村一郎という、その若者も、柏木幸子も立ったままなので、私一人が坐って話を聞く、という格好になった。

「それで……どういうことなの」

と私は言った。「あなたのことは、警察の人から聞いたわ。過激派で、手配されているとか」

「それは間違いなんです！」

と、柏木幸子が強い調子で言った。「志村君は、他の派のやった事件で、嫌疑をかけられて――」

「僕が説明します」

と、志村一郎が遮った。「僕が手配中で、逃げているのは事実です。でも僕は何もやっていない」

「そんなこと、どうでもいいわ」

と私は言った。「死んだ主人と、あなたとどういう関りがあったのか、聞きたいのよ」

「河谷さんは大学の先輩でした」

と志村一郎は言った。「もちろん、ずっと年齢は離れていますけど、社会研究会の顧問を、ずっとやっていて下さったんです」

「ずっと、って……」

「亡くなるまで、ということです」

私には初耳だった。

「つまり、大学へ行っていた、ということなの？」

「月に一度の定例の会合には、いつも出ていただいていました。というか、河谷さんがみえないと会が始まらないんです。部員はみんな河谷さんを慕っていました」

「それは、何をする会なの？」

「本来は社会問題についての討論とか、研究をする集まりで、河谷さんが在学中に、何人かの友達と作ったんです。――ところが、大学紛争のときに、どうしても実力行動に出る部員もいて、紛争の後、会は解散させられました。一年間、河谷さんが粘り強く大学側と交渉して、やっと再結成できたんだそうです」

「それで、あなたもそこに入っているの？」

「ええ、もちろんです」

「社会研究会は、とても地味な会だし、今の学生はそんな難しいことを考えるのなんて面倒だっていうのが多いんで、部員は多くありません。それでも、大学当局にしてみれば、苦々しい思いだったようです。再結成のとき、条件として、暴力行為などをひき起こした場合はただちに解散する、ということになっていたので、デモとか、そんなことはしませんでしたが、大学側の色々な決定に対して抗議することはよくありました。だから、大学としては、会を潰《つぶ》したくて仕方なかったんです」

「でも、あなたは現に追われてるんじゃないの？」

志村一郎は、ちょっと間を置いて、

「三カ月くらい前、大学構内で、学生の一人が殴られてけがをしました。内ゲバというほどでもない、ただの喧嘩《けんか》で、けがも大したことはなかったんですが、大学側は、その学生に、襲ったのが社会研究会のメンバーだと言わせたんです」

「まさか、そんな――」

「本当です。学生はみんな、本当にやったのが誰か知ってますよ。でも、口をつぐんでるんです。警察は大学の言ったことをそのまま信用して、僕を追いかけているんです」

「そんないい加減なことを――」

と言いかけて、私は言葉を切った。

「それで……」

現に、何もしていない私が、監視される身なのだ。この若者の言う通りなのかもしれない。

「分ったわ」

と私は言った。「ともかく、あなたが覚えのないことで逃げているというのが本当だとして、なぜ私にそのことを話すの？」

「一つは先日のお詫びがしたかったんです」

と志村一郎は言った。「あんなことになるとは思わなかったんですけど、どうしても、見送りたくて……」

「他にも何か？」

「ええ」

と、志村一郎は肯《うなず》いた。「河谷さんを殺した犯人を、僕は知ってるんです」

ロビーに降りて来て、出口の方へ歩きかけた私は、

「河谷さん」

と声をかけられて、振り返った。

「あら、あなたは――」

「落合です」

駅前で声をかけて来た刑事である。「こんな所でお目にかかるとは……」

私はつい笑い出していた。

「見えすいたことをおっしゃらないで下さいな。私を尾行してらしたんでしょう?」

落合刑事は、ちょっと困ったような顔で、顎《あご》を撫《な》でた。

「一応、偶然会ったことにしておいてくれませんかね。色々と規定がやかましくて」

「それでも構いませんけど。何かお話があるんじゃないですか?」

「まあ、そんなところです」

「それじゃ——」

と言いかけて、私はためらった。

この近くで話をしていれば、後から降りて来る志村一郎が、落合刑事の目に止ることも考えられる。

「表に出ましょう。ここは人が多すぎて」

と私は言った。

ホテルを出て、少し裏通りの、小さなスナックへと入った。OL時代、この辺で時々飲んでいたので、店はいくつも知っている。

「——ホテルで何のご用だったんです?」

落合刑事が訊《き》いて来る。

「お友達と会っていました」

「久保寺さんとかいう方ですか」

私は目を見張った。

「いいえ、彼じゃありません。——とっくにご存じだったんですね」

「いや、今日になって、やっと調べがついたんですよ」

落合は至って気楽な調子で言った。「彼とは長く？」

「一年くらいですわ。もう終りました」

「今度の事件のせいで？」

「ええ」

私は少し間を置いて、

「久保寺さんにお会いになったんですか？」

と訊いた。

「私の仕事じゃありませんからね。しかし、まだ会うところまでは行っていないようですよ」

「そっとしておいてあげて下さい。浮気がばれるんじゃないかって、びくびくしていますわ」

「都合の悪いことを、不必要に暴《あば》き立てはしませんよ」

どうして、あんな人のことを気にかけるのかしら、と思った。どうなろうと、もう私の知ったことじゃないのに。

「私が主人を殺したと思ってらっしゃるんでしょう」

落合刑事は、ニヤリとしただけで、返事をしなかった。私は肩をすくめて、

「でも、私じゃありません」

「では誰です?」

「分りませんわ。それはあなた方が調べることじゃないんですか?」

「そのためには、まず動機を探り出さなくてはね」

動機。——あの志村一郎が言ったことは、どの程度、信頼していいのだろう?

志村は、社会研究会を潰そうとする大学の学長の息のかかった事務局の男を、犯人だと信じているようだった。

私は、そんなことで人殺しまでするものかどうか、と思ったが、全くあり得ないとも言えないので、話だけは聞いておくことにした。——志村の話では、あの当日、夫はその事務局の男と会うことになっていたらしい。そのために、無理に出張の予定を早めて帰ったのだという。

「僕が容疑をかけられているのは、その事務局の男がでっち上げた証言のせいなんです。河谷さんはそれをご存じで、暴いてやろうとしていました。——あいつにとっては、そん

なことをされれば身の破滅で、大学にはいられなくなります。公になれば、学長は当然、何も知らなかったと言うに決まってますからね」

だから殺した。——筋の通らない話ではない。

柏木幸子は、志村のことを、夫から頼まれていたらしかった。といって、夫とも志村とも、特別の関係にあったわけではないと言っていたが……。

ともかく、柏木幸子から詳しい話を聞く時間はなかった。改めて会うことだけを約束して、私は部屋を出て来た。

それにしても、夫が、大学の社会研究会というグループと、ずっと関り合っていたことは事実だったのだろう。それを初めて聞かされたのは、ショックだった。

夫は日曜日、時々出かけることがあった。しかし、どこへ行くのか、訊いたこともない。むしろ留守にしてくれて清々する、という気持で、のんびりと羽をのばしたものである。

初めて見る、夫の、もう一つの顔だった。

「——犯人に心あたりはありますか」

と、落合刑事が言った。

「さあ」

私は首を振った。「分りませんわ」

「どこから私のことをお聞きになったんです？」

その男は、神経質そうに、タバコをやたらふかしながら言った。

大学の、古びた応接室は、埃《ほこり》っぽい匂いがした。ソファの色は、すっかり変ってしまって、もとがどんな色だったのか、見当もつかない。

汚れたガラス窓から、暖かい陽《ひ》が射《さ》し込んでいた。

「主人とはお知り合いでいらしたんでしょう」

と私は言った。

「いや――」

否定しかけて、思い直したように、

「そりゃまあ、顔見知りではありましたがね」

と、目をそらした。

杉崎という男――志村の言っていた「犯人」である。もう五十歳を越えているように見えたが、実際はもっと若いのかもしれない。

「主人が殺された事件はご存じですね」

「ええ。お気の毒でしたな」

杉崎は早口に言って、「申し訳ありませんが、重要な会議がありましてね」

「事件のあった当日、主人とお会いになりました？」

杉崎は目を見張って、

「とんでもない！　どうしてそんなことを――」

「主人の手帳にメモがありましたの」

これはでたらめだった。私も、いざとなれば（いや、普通でも、かしら）図々しくはったりをかますことぐらいは平気なのだ。

「そんな……そんなはずはない！」

「どうしてです？」

「いや――つまり――」

杉崎はしどろもどろになっていた。気の弱い男らしい。

会ってみて、本当にこの男がやったのかもしれない、と思えて来た。追いつめられると、何をするか分らないタイプである。

「主人とお会いになったんですね。どんなご用だったんですか？」

こういうタイプには、決めつけて行くに限るのだ。

「それは、その……」

確かに会っているのだ。会っていなければそう答えるはずである。

が、私の訊問《じんもん》も、そこで邪魔が入った。事務の女の子が、杉崎に電話が入っていると呼びに来たのだ。

「ああ、それじゃ——。奥さん、すみませんが、私は忙しいので——」

今はこれ以上無理だ、と思った。

「分りました。またおうかがいしますわ」

杉崎はホッとしたようで、そのせいか、急に愛想が良くなって、電話を放ったらかしにして、出口まで送ってくれた。

今度は自宅へ直接会いに行こう、と思った。ああいう気の弱い男は、不意をつくに限る。

大学の構内を、のんびりと歩いた。

都心から少し外れているとはいえ、周囲は住宅地なのに、ここは別世界のようだ。

午前中で、講義の最中なのか、学生の歩く姿もまばらだった。

古い、レンガ色の建物のわきを抜けて、芝生を歩いて行く。——こんな広々とした場所へ来たのは、久しぶりだ、と思った。

足を止め、ちょっとためらったが、周囲に人の姿もないので、ハンカチを広げて、腰をおろした。

風が春にしてはゆるやかで、快い。草の匂いがした。

女子学生が三人で、にぎやかに笑い声を立てながら歩いて行く。——私にもあんな頃があった、と思った。

もちろん、十何年か後に、夫を殺した容疑をかけられようとは、考えてもいなかったが……。

すばらしく、いい天気だった。しばらく、こうしていたい、という誘惑に駆られる。

どこかで、ギターの音がした。

不意に、何かが私の近くで砕けた。左手に焼けつくような痛みが走って、アッと声を上げ、手を引っ込めた。

ガラスのびんが、ほんの二メートルほどの所で砕けていた。草が黒く煙を出して、こげている。

立ち上って、ハンカチで左手を押えた。

塩酸か、硫酸か。そのどちらかだろう。

背後の建物を振り返った。——人の姿の見えない窓が、並んでいるだけだ。

やっと、恐怖が実感されて、足が震えた。誰かが、窓から私をめがけて、このびんを投げつけたのだ。

誤って落ちれば、こんな所まで届くはずがない。ハンカチを取ると、左手の甲から血が出ていた。破片で切っただけらしい。

もし、まともに当っていたら……。

私は、急に陽がかげったような気がした。実際は、太陽が明るく輝いていたのだが。

玄関の前に、女の子が坐っていた。

手近な薬局で、包帯と消毒薬を買って、手当してもらい、帰って来たところだった。

女の子は、待ちくたびれた、といった様子で、玄関のわきの柱にもたれて、眠っている。

——当惑して、周囲を見回した。

殺人犯の上に、誘拐犯にされちゃかなわない。だが、親がどこかにいる様子でもなかった。

近くでは、あまり見かけない子だ。——そう思って見直すと、

「あら」

と、思わず言った。

夫の告別式に、やって来た子である。夫のことを、「おじちゃん」と呼んでいた……。

どうしたものだろう、と迷ったが、ともかく玄関の鍵《かぎ》を開け、それから、けがをした左手をかばいながら、女の子を抱え上げた。

かなり重いが、何とかかかえて入ることができた。女の子は、頭を動かして、目を覚ましそうにしたが、また寝入ってしまったようだ。

ソファへ運んで横にすると、また深い寝息をたてている。——全く、羨《うらや》ましくなるほど平和な眠りに見えた。

私は、ともかく着替えをして、もう一度傷の手当をした。

誰かが私を狙《ねら》った。それは確かである。ただの気まぐれで、あんなことをする者はあるまい。杉崎だろうか？　そうでないとは言えない。

用心しなくては……。私は、鏡台の前に坐った。

鏡の中に、ヒョイと女の子の顔が覗《のぞ》いた。

「あら、びっくりした」

と振り向いて、

「目が覚めたの？」

と訊いた。

女の子は、コックリと肯いて、じっとこっちを見ている。

「お名前は？」

女の子は黙っていた。

「――どうしてここに来たの？――一人？」

女の子が、やっと肯いた。

「そう。この間一緒だったおねえさんは……ママじゃないんでしょ？」

「せんせい」

と女の子が言った。

「そう。――先生なの」

私は、どことなく寂しそうな目の、その女の子に、何だか奇妙な親しみを感じた。まさか夫の隠し子というわけでもあるまい。

「ジュース飲む？――じゃ、待っててね」

冷蔵庫からオレンジジュースを出して来て、コップに注いで渡すと、アッという間に飲み干してしまった。喉《のど》が乾いていたらしい。

「もっと飲む？」

と訊くと、首を振って、コップを返してよこした。

「ごちそうさま」

「あら、お利口さんね」

と私は笑った。

一人っ子の私は、割に子供好きだった。沢山兄弟のいる友達を羨ましがって、小さな子をわざわざ預かったりしたものだ。

子供が生れていれば、私と夫の間も、もう少し違っていたのかもしれない。

玄関のチャイムが鳴った。出てみると、あの若い女性が立っている。

「突然申し訳ありません、実は――」

と言いかけて、玄関の、小さな靴に目を止めた。

「せんせい！」

と、女の子が出て来た。

「良かった！　どこに行っちゃったのかと思って心配したのよ」

私は、

「どうぞお上りになって」

と言った。「一度お会いしたいと思っていましたの」

「はあ……」

少しためらってから、その女性は上り込んで来た。

「けがしたの？」

と、女の子が私の手の包帯に気付いて言った。

「ええ、そうなの。可哀《かわい》そうでしょ」

「泣いちゃいけないんだよ」

と、女の子が真面目《まじめ》な顔で言ったので、私は笑い出してしまった。

5　サンタクロースの借金

「告別式のときには、ご挨拶《あいさつ》もしないで、本当に失礼しました」

と、その女性――山田知子は頭を下げた。

「どなたかしらと思って、みんな不思議がっていたんですよ」

「そうですね。後で私もそう思いまして、申し訳ないことをしたと――」

「別にいいんですよ。ただご近所では――」

私は、庭で遊んでいる女の子をちょっと眺めて、「主人の恋人と子供じゃないかと噂《うわさ》してるみたいだけど」

「まあ、そんなこと……。とんでもないことですわ、決してそんなことじゃないんです」

と、山田知子は顔を紅潮させて言った。

「ご心配なく。私の方は、今、それどころじゃないんですもの。主人を殺した容疑をかけられていて……」

「まさか！」

と、山田知子は目を丸くした。

「本当なのよ。まあ、私はあまり、良妻とは言えなかったのは、確かですけどね……。山田さん、だったわね」

「はい」

「孤児たちの施設で、子供たちの面倒をみていらっしゃるの？」

「そうです」

「偉いわね。大変な仕事でしょう」

「重労働、安月給、長時間勤務で、体をこわすし、婚期は逸すし、こんなに割の合わない仕事、ありませんわ」

そう言って、しかし、いかにも愉《たの》しそうに山田知子は笑った。それは、彼女の若さに相応《ふさわ》しい笑いで、気持のいい笑顔だった。

私は何となくホッとした。こういう、一種の奉仕的な活動をしている人というのが、苦手なのである。もちろん、こっちの一方的な思い込みに過ぎないのだが、どことなく、聖職者的な、固苦しいイメージを、つい抱いてしまうからだ。

だから、山田知子が、その若さを感じさせる笑顔を見せたのが、嬉《うれ》しかったのである。

これが、

「子供たちの喜ぶ顔を見ると、苦労なんか、吹っ飛んでしまいます」

とでも言われたら、敬遠してしまっているところだ。

もちろん、山田知子の中にも、その気持があるには違いないが、それを口に出すかどうかは、その人次第だろう。

「コーヒーでも淹《い》れましょうね」

と私は立ち上った。「それとも、どこか外へ出ましょうか。私、お昼がまだなの、お腹が空《す》いちゃって……。一緒にいかが?」

「はあ……。でも――」

「私、おごるわ。主人の退職金で、今はお金持なの」

と私は言った。

「それじゃお言葉に甘えて……。亜里ちゃん、お昼を食べに行くんですって」

と女の子に声をかける。

「亜里ちゃん、か。可愛《かわい》い名ね。ぴったりだわ」

「谷沢亜里というんですよ。――さあ、お手々を洗わせていただくのよ」

「はあい」

ともかく、よく言うことを聞く。郁子《いくこ》さんのところの子供など、何度大声で言っても、手一つ洗わないが、さすがにしつけは行き届いている。――それがまた、物哀《ものがな》しい、と言えなくもないが。

近くのレストランへ行くと、近所の人と会うこともある。ちょっと迷ったが、なに、今さらどう思われても、これ以上悪くはなるまい、と心を決めた。

「――外で食事するのは、いけないことになっているんですけど」

と、山田知子は、夢中でお子様ランチに取り組んでいる谷沢亜里の方を見ながら、言った。

「規則は、破っても分らないところでは、効力がないのよ」

と私は言った。「さあ、あなたも食べて」

「いただきます」

大して旨《うま》くもない定食だが、しばらく私たちは黙々と食べていた。

「今日はわざわざ何のためにいらしたの？」

私が訊くと、山田知子は、

「あ！　そうだわ、すみません、忘れるところだったわ」

あわてて、古びたバッグから、封筒を取り出した。「あの……甚だ遅くなって申し訳ないんですけど、これ、お香典なんです」

「まあ、今頃？」

「職員たちで出し合ったんです。ほんのわずかで恥ずかしいんですけど――」

と、山田知子はちょっと声を低くして、「この間の告別式のときは、給料日の直前だったものですから、お持ちできなかったんですの」

と、付け加えた。

それほどまでして、香典を持って来るというのは、何かよほどの理由があるのだろう。

「主人が、あなたとどういう関係だったのか、聞かせてちょうだい」

と私は言った。

「ええ……。ご主人は、お宅で何も話されなかったんでしょうか？」

「何も。私も訊かなかったしね」

「そうですか。じゃあ、本当に怪しげに見られたでしょうね」

「別に主人の恋人とか、そんなことでは――」

「違います。恋人といえば」

と、隣の亜里という子を見て、「この亜里ちゃんの方ですわ」

「もう、大分前から？」

「そろそろ一年半くらいになりましょうか。――この亜里ちゃんが、風邪《かぜ》をこじらせて、軽い肺炎にかかったことがありました」

と、山田知子は言った。「新宿のK病院に二週間ほど、入院していたんですけど、私は他に何十人もの子をかかえているので、一日中ついていてあげるわけにもいきません。それで、毎日、夜に病院へ行くようにしていました」

「ああ、それじゃ、主人が足を折って入院していたときね」

自転車に乗っていて、トラックにぶつけられたのである。やはり二十日間ぐらいはあの病院にいたのではないか。

「ええ、そうなんです。何がきっかけだったのか、今でも私、知らないんですけど……。ともかく、毎晩、亜里ちゃんが、今日も『おじちゃん』と遊んでもらった、って言うわけなんです。一体誰のことを言ってるのか、と思ってました」

「それが主人だったのね」

「はい。何日目かにお会いして……。もう、退院なさる間際《まぎわ》でした」

そういえば、入院している夫の世話をしに病院へ足を運んだこともあった。寝たきりだった一週間ほどの間は、むしろ世話を焼くのが楽しくて、毎日通ったものだけれど、主人が自分の力で歩けるようになると、何となく、熱心に通わなくなった。

考えてみれば、あの一週間が、私としては、最も妻の喜びを味わった日々だったかもしれない。――夫は、あまりに自分一人で充《み》ち足りていて、しっかりしていて、出来すぎていた。

ぜいたくな言い方かもしれないが、もう少し夫が不器用で、頼りない人だったら、私もそうそう勝手な真似《まね》はしなかったかもしれない。主人は、私がいなくても、一向に困らない人だったのだ。

自分が必要とされていない、といつも感じさせられていたのでは、たまらない。

「ご主人は本当に亜里ちゃんが気に入ったようで、とても楽しそうに遊んでおられました。そして私から、孤児院の話をあれこれと聞きたがられて……。たまたま、学校がここから歩いて十五分ぐらいの所だったんです。先にご主人は退院されたんですけど、毎日、会社の帰りに、亜里ちゃんを見舞って下さったんです」

「あの人、しばらくは毎日、検査があるんだとか言って……。そうだったの」

「あの――お気を悪くなさらないで下さいね」

「大丈夫よ」

と私は微笑《ほほえ》んだ。「でも、主人がそんなに子供好きだったなんてね……」

「亜里ちゃんなんか、おじちゃんに会えなくなるから、退院したくないなんて言ってたくらいですわ」

と、山田知子は微笑みながら、言った。

私は、きれいにお子様ランチを平らげて、せっせと水を飲んでいる、亜里という女の子を眺めた。

「それから、一カ月くらいして、ご主人が私どもの所へおいでになったんです」

と、山田知子は言った。

「あの人ったら、何も言わないで……。今日、これから、行ってみたいんだけど、構わないかしら?」

「私どもの所へですか？」

「ご迷惑なら――」

「いえ、そんなことはありませんわ！　院長も喜ぶと思います」

「学校に帰るの？」

と亜里という子が言った。

「そうよ」

「アイス食べてからでもいい？」

「いいわよ、もちろん」

と私は言った。「何でも好きなの食べてね」

「うん……」

と言って、亜里は、ちょっと迷っているようだった。

「どうしたの？」

「お友達にもあげないと可哀《かわい》そう」

私は、ちょっと驚いた。こんなに小さな子が、そんなことまで考えていることに、何だか気恥ずかしいような思いすらさせられた。

「じゃ、おばちゃんが、みんなの分も買って、学校まで持って行ってあげましょうね」

「うん」

亜里は、ホッとしたように笑顔で肯《うなず》いた。——一人で、こんな風に外でご飯を食べたりしていることに、子供ながら、後ろめたさを感じていたのかもしれない。

「さあ、行きましょうか、それじゃ」

と、私は立ち上った。

「奥様に、あんまりご負担をおかけしては——」

と、山田知子が申し訳なさそうに言った。

「主人のお小遣い分よ。心配しないで」

と、私は言った。

「すみません」

山田知子は、ピョコンと頭を下げる。——まだ、可愛いと言ってもいいような、その若い女性に、何だか奇妙な友情のようなものを、私は感じ始めていた……。


帰って来て、居間へ入ると、電話が鳴っていた。もう薄暗く——というより、すっかり暗くなっているので、明りを点《つ》けてから、受話器を上げた。

「はい、河谷です」

しばらく、沈黙があって、「もしもし?」

と、私が言うと、いきなり、電話は切れてしまった。

「何かしら……」

私は肩をすくめて呟《つぶや》いた。妙な電話も色々かかって来る。いちいち気にしてはいられない。

私は、大きく伸びをした。体が痛い。

なにしろ子供たち相手に、たっぷり遊んで来たのである。こっちは子供の相手をしつけていない。

すっかり汗をかいてしまった。――でも、正直に言って、なかなか大変なものだと思った。

子供というものは、ドラマの中で見るほど、単純なものではない。正に「小さな大人」であって、私たちと少しも変らない複雑さを内に秘めている。ただ、それを外へ現わすすべを知らないだけだ。

学校そのものは、もちろん、そこで子供たちが生活しているのだから、「大きな家」といった趣で、それなりに楽しげではあったけれど、それを支えているのは、職員たちの努力でしかない、という感じだった。

山田知子が特に若いのではなく、どの先生たちも若く、体力のある人たちだった。そうでなければ、とてももつまい。

私など、一日でのびてしまいそうな重労働である。

夫が、毎月、最後の日曜日に、その学校を訪れて、文房具とか、ボールとか、縄とびの縄とかをプレゼントしていたことを聞かされて、私はびっくりした。

もちろん、夫は自分の小遣いの中から、そのお金を出していたのだろうから、大した金額ではなかったに違いない。それでも、子供たちにとって、夫はまるで「サンタクロース」のような、優しいおじさんだったらしい。

そのおかげで（?）私も大いに子供たちに人気を博して来た。十歳くらいの女の子は、自分が編んだ毛糸の敷物をプレゼントしてくれた。

まだ、子供たちには夫の死は知らされていないらしかった。大きな子は、察しているようだ、と山田知子は言っていたが、いずれにしても、あんないい人が死ぬはずがない、と子供たちは思っているだろう。

私も、おじさんがお仕事で遠くへ行ったので、代りに来たのよ、と説明して、子供たちを安心させた。しかし――こうなると、成り行き上、月の最後の日曜日には何かプレゼントをしなくてはならない。

「まあいいか……」

むだな出費ができるほど、お金の余裕はないけれど、夫の遺言だと思えば仕方ない。

それに、私が帰るときに一斉に手を振ってくれた、あの子供たちの声を聞いたら、少々のお金をケチるわけにもいかなくなってしまう。もっとも、殺人容疑で捕まったら、そうも言っていられなくなるだろうが……。

しかし、あの志村という若者の話といい、今日の学校のことといい、私の知らないところで、夫の生活はずいぶん忙しかったようだ。――思いもよらないことだった。

無愛想で、退屈な真面目《まじめ》人間が、左翼の闘士になったかと思うと、今度はサンタクロースである。私の中の夫のイメージは、正に混乱の極にあった。

「さて……夕ご飯の仕度か」

面倒だな、と思って動かずにいると、玄関のチャイムが鳴った。――インタホンで声をかけると、

「田代《たしろ》と申します」

という返事だ。

田代……。告別式に来ていた、夫の旧友である。

「――どうも突然お邪魔して」

と、お茶を出すと、田代は頭を下げた。「少しは落ち着かれましたか」

「まあ、何とか……」

私は、何となく、この男に好感が持てなかった。理由も何もない。

直観的に、肌が合わないというのだろうか。どことなく、うわべの親切さが、嫌味に感じられるのである。

「早く犯人が見付かるといいですねえ」

と、田代は言った。

「主人と親しくていらしたんでしょう」

「ええ、まあ……」

「犯人に心当りはありませんか」

「さあ……」

と言ったものの、分らないというよりは、言い渋っているという様子である。

「あの……私、主人からあなたのことを話してもらった記憶がないんですの」

と私は言った。「主人とはいつ頃からのお知り合いですか?」

「高校で一緒だったんです」

と田代は答えた。「ただ、僕は地方の大学へ行っていたものですから、つい疎遠になりましてね」

「そうですか……」

何となく妙な気がした。なぜか分らないが、どことなく……。

「そういえば、一度、おうかがいしようと思っていたことがありますの」

「何でしょうか?」

「告別式で、郁子さんが、主人は殺されたんだとお話ししたとき、驚かれていましたね」

「ええ、申し上げたと思いますけど、アメリカに行っていたものですから……」

「そのとき、『まさか、そんなことまで』とおっしゃったのは、どういう意味なんですか？」

田代が目に見えてあわてた。

「そんな――そんなこと、言いましたか？　僕はよく――」

「ええ、確かにおっしゃいましたわ」

「それじゃ……びっくりして、ついそんな、自分でもわけの分らないことを言ったんでしょうね」

いかにも下手な言い逃れである。――何か知っているのだ、と私は思った。

「ご存じのことがあれば、教えて下さい。私がどうやら夫を殺したと疑われてるらしいんです」

「奥さんがですか？　しかし、それは――警察も、そんな馬鹿なことは考えないでしょう」

「最後に主人とお会いになったのはいつ頃ですの？」

「ええと……たぶん三、四カ月前になると思いますね」

「何かご用でお会いになったんですか？」

「はあ……」

田代は咳払《せきばら》いをしてから、「実は、今日うかがったのは、そのことをお話ししようと思って――」

「というと？」

「あの日――ご主人から僕の会社に電話がありまして、ぜひ会いたい、と言うんです。かなり大事な用件らしいということで、僕も何とか仕事の都合をつけて、帰りに待ち合わせた場所へ行きました」

「それ、何月何日のことか、憶《おぼ》えてらっしゃいます？」

「それがどうも――あの後、アメリカ行きの準備にかかってしまったので、てんてこまいしてましてね。詳しい日付までは、ちょっと……」

「分りました。それで主人の話というのは？」

「はあ……」

田代は額の汗を拭《ぬぐ》った。――はっきりしない男だ。

「おっしゃって下さい。私はそんなにデリケートにできてませんから」

「つまり……金に困っている、という話だったんです」

「お金に？――うちがですか？」

「いや、そうではなくて、奥さんに知られたくない金が必要だというんです」

「それはどういう……」

田代は、ちょっと肩をすくめて見せ、

「女性との手切れ金だということでした」

「手切れ金？」

私は耳を疑った。「主人に女がいた、ということですか？」

「そうらしいです。あの真面目な河谷君が、と、びっくりしたんですが、まあ、考えてみれば、昔から遊ぶということを知らない男でしたから、却《かえ》って深みにはまるということも……」

「何という女ですか？」

「そこまでは聞きませんでした。どうも話の様子では、かなり、性質《たち》の悪い女に引っかかったようですね。おまけに子供ができて堕《おろ》すのに金もいるとかで……」

私は、しばし言葉もなかった。

「それで、ご主人は、僕に何とか金を都合できないかと頼んで来られたんですよ」

「あなたに？」

「他に頼む相手もいないということで……。正直なところ、僕も大して金を持ってるわけじゃないし、考えたんですが……」

「――で、結局、あなたから拝借したんでしょうか？」

「ええ。何とか駆け回って工面《くめん》しまして」

「どれくらいですか」

「三百万です」

三百万！　私は目を丸くした。

田代は、申し訳なさそうに、上目づかいに私を見て、

「こんなときに、本当に申し訳ないとは思うんですが、ご主人は、会社で退職金の前借りをして返すから、とおっしゃってたんです。まさか亡くなるとは思いもしなかったので、僕の方も、みんなに、すぐに返すという約束で金を借りて来たんです。それで……」

遠回しな言い方が、やっと結論に達した。つまり、夫の借金を返してほしい、ということなのだ。

「ええと……これが借用証です」

田代は、封筒をポケットから出すと、中の紙を取り出して広げた。私は、それを手に取った。

確かに、三百万円を借りた旨の文で、署名の字は夫のものだ。印鑑が、うちのものは少し変った字体になっているのだが、間違いなく押してある。

「本当に申し訳ありません……。奥さんが大変なときだということはよく分ってるんですけど、何しろ僕も金を借りた相手のことがあるので……」

と、田代はしきりに済まながっている。

「そんな風に謝っていただくと困りますわ。主人がお借りしたものですから、当然お返ししなくては……。三百万円、ということでよろしいんですか」

「ええ、結構です」

私はちょっと考えた。

「――今、うちにはとてもそんな現金はありません。夫の退職金で、何とかお返しできると思いますけど、二、三日待っていただけません？」

「そりゃもう、当然のことです。急にこんなお話を持って来て、さぞ非人情な奴《やつ》だと思われるでしょうが――」

「そんなこと、考えておりませんわ」

と私は言った。「じゃ、この借用証はお返ししておきます。いつお払いできるか分ったら、お電話しましょうか」

「いえ、会社にいないことが多いので、こちらからお電話をしてみます。――いや、良かった。叩《たた》き出されるかと思っていたんですよ」

「まさか」

と私は言った。「でも、ショックですわ、主人にそんな女がいたなんて」

「お察しします」

「主人はその女のこと、何か言ってませんでした？」

「さあ。あまり話したくない様子でしたからね」

と、田代は首を振った。

「その女の名前とか――」

「一言も言いませんでしたね。ともかく、思い出すのもつらい、というところだったんでしょう」

「そうですか……。その女に、今さら金を返せと言うわけにもいかないですものね」

「そういう女とは、あまり関り合わない方が利口ですよ。もし暴力団でも絡んでいたら、大変なことになりますからね」

「それもそうですね」

と私は肯いた。

「――では、どうもお邪魔をして」

と、田代は立ち上った。

「何か急な連絡でもあると困りますから、お名刺でもいただけません？」

「はあ……。それじゃ――めったにいませんけど」

「よほどの急な用事のときだけ、かけるようにします」

私は、田代を玄関まで送った。

「では、失礼します」

田代が、丁寧に頭を下げて、帰って行くのを見送って、ゆっくりドアを閉める。
私は居間へ戻ると、田代の名刺を、テーブルに置いて、考え込んだ。
三百万の借金か。——払えば、退職金の大半が吹っ飛んでしまう。
でも、私は払うつもりはなかった。あの借用証が偽物だと分っていたからだ。

6　朗らかな告白

足音が、小走りに私の後をついて来た。

気付いたのは、家を出て、五、六分歩いてからだった。——田代が帰ってから、あれやこれやと考えていたので、九時過ぎになってしまい、やっとお腹が猛烈に空《す》いていることを思い出したのである。

財布を手に外へ出たものの、どこへ行くというあてもない。どうせなら、バスで駅まで出ようか、と決めて歩き出し、少しして、誰かが尾《つ》けて来るのに気付いた。

ただ、尾行といっても、これが刑事とか、そういう、慣れた手合の尾行ならともかく、気付かれないようにしているのでもないらしく、コトコトと足音をたてて、追って来るのだ。却《かえ》って、何だか気味が悪い。

夜はひっそりと人通りもまばらになる住宅街である。危ないこと、この上もない。大学で狙《ねら》われたことを考えると、この暗い路上で襲われないとも限らない。そう思うと、つい足も早くなる。

追って来る方の足音も早くなる。——私は、一瞬迷った。走って逃げるか、敢然と正面切って対決するか。

もちろん——逃げることにした。

バス停のあたりまで行けば、多少、店もあって、人も通る。そこまで、二百メートルくらいのものだろうか。私は、駆け出した。

追って来る方も走り出したのが分る。

しかし……何しろ運動不足は、如何《いかん》ともしがたい。二百メートルどころか、五十メートルも走ったら、すっかり息が切れてしまった。百メートルなんて、とてもじゃないが、もたない！

そうなったら、まだ余力のある内に対決した方がいいかもしれない。私は足取りを緩めると、明るい街灯の下で立ち止り、クルリと振り向いた。

「ああ、疲れた！」

「まあ、あなた——」

私は目を丸くした。山田知子ではないか。

「びっくりした！　誰がつけて来たのかと思ったじゃない！」

「すみません、だって——声をかけようと思ったら、急に駆け出すから——」

と、息を弾ませている。「今日は——子供たちに——いろいろ——ありがとうございました！」

「それを言いに？」

私は笑い出していた。

「そうじゃ——ないんです。それもありましたけど——」

「じゃ、何？」

山田知子は、顔を伏せ、肩で息をしていたが、いきなり、道路に坐《すわ》り込むと、

「申し訳ありません！」

と、両手をついて、頭を下げた。

私の方はわけが分らず、目を白黒させているばかり。

「私——ご主人のことが好きでした」

と、山田知子は言った。

「あなたが？」

「はい。そして——一度だけ——一度だけなんです、ご主人と——」

私はしゃがみ込んだ。

「主人と寝たの？」

「すみません」

と、山田知子はうなだれた。「奥様が、こんなにいい方だと知っていたら、決してあんなことは——」

「いいのよ、そんなこと」

と私は遮って、「あなたの方こそ……初めてじゃなかったの？」

「初めてでした」

「じゃ、私の方こそ謝らなきゃ。主人ってそんなことする人じゃないんだけどね」

「ご主人が悪いんじゃありません。私の方に隙《すき》があって――」

「いいから、立ってよ」

私は、山田知子の腕を取って立たせた。「――天然記念物みたいな人ね、あなたは。私と主人の間はうまく行ってなかったし、私は外に恋人もいたし、あなたと主人のことに腹を立てる権利なんかないのよ」

「でも……」

「打ち明けてくれて嬉《うれ》しいわ」

私は、山田知子の肩を抱いた。「これから、夕ご飯なの。付き合ってくれない？」

「でも、私は――」

「一人の男を共有した、いわば義きょうだいじゃない。そう考えればいいのよ」

山田知子は、面食らった顔で私を見て、それから、笑い出した。

「――面白い方ですね、奥さんって」

「そう。でも、主人の方がよっぽど面白い人だったらしいのよ」

「え？」

「ゆっくり話してあげる。私も、聞いてくれる人が欲しかったのよ」

「知子さんって呼んでいい？」

「ええ」

山田知子は、夕食を学校で取っているというのに、ペロリとカツ丼《どん》を一つ平らげていた。若さ、というものであろう。

「――奥さんに殺されるかと思ってました」

「まさか！　本当の人殺しになる気はないわ」

と私はお茶を一口飲んで、「このおソバ屋さん、お茶がおいしいでしょ？　だから気に入ってるの。主人とも時々来たのよ」

「そうですか……」

知子は、ソバ屋の中をグルリと眺め回した。

「主人があなたと寝たときのこと、聞かせてくれる？　いつだったの？」

「あの……一月の二十日でした。忘れませんわ」

「どこで？」

「私のアパートです」

「どこかで会って、それからあなたの所へ行ったの？」

「いいえ。――ご主人が急にアパートへみえたんです」

「電話もせずに？」

「はい。いつもは最後の日曜日だけ、学校へみえていて、それ以外は、お目にかかることはなかったんです。私も、子供たちと同様にお会いするのを楽しみにしていましたけど、外でお付合いしようと誘われたこともなかったんです」

「じゃ、個人としての付合いは、そのときまで全然？」

「ええ」

「それでいて、突然あなたのアパートへ押しかけて行ったわけ？――主人らしくもないことね」

「アパートの住所や電話は、いつもの日曜日に仕事ができて、来られなくなったとか、そんなときに連絡していただくように、お教えしてありましたけど、一度も電話がかかったことはありません」

「一月二十日ね……」

その日、何か特別なことでもあったろうか？　私は考えてみたが、思い出すことができない。手帳に、予定をメモする習慣もないので、何月何日に何をしていたか、どこへ行ったかと訊《き》かれても、返事のしようがない。

「主人は、どんな様子だった?」

と私は訊いた。

「そうですね……」

と、知子は考えていたが、「ともかく、夜遅かったんです。十一時を過ぎていたと思いますわ」

「そんな時間に?」

「私は朝が早いので、十時には床につきます。うとうとしているとドアを叩く音がして……。『河谷です。頼むから開けて下さい』と声がしました。私、びっくりして急いでドアを開けました……」

知子の言葉を、私は疑わなかった。嘘《うそ》をついてはいない。しかし、そうなると、夫が、いかにも、いつもの夫からは考えられないような、無茶をしたことになる。

若い女性が一人で住んでいるアパートへ夜遅く、突然押しかけるということだけでも、およそ夫らしくない。

「主人は、酔ってたのかしら?」

「いいえ、お酒の匂いはしませんでした。ただ……ひどく疲れていらしたようで……」

「疲れて?」

「それも、体の疲れというより、精神的なショックで参っているというように見えました」

「じゃ、グッタリして？」

「はい。びっくりして、お医者を呼ぼうかと思ったぐらいですもの」

「主人は何か言って？」

「いいえ」

と、知子は首を振った。「ただ——何か会社で、いやなことがあったんじゃないかと思いました」

「そんなようなことを言ったの？」

「そうじゃありませんけど——何となく、そんな風に思えたんです」

知子はそう言って、ふっと、目を窓の外へとそらした。その夜へと、思いをはせているかのようだった……。

「詳しく話してちょうだい」

と私は言った。

お茶を淹《い》れようとして、知子の手は震えた。

こんな夜中に、女一人のアパートの部屋にやって来て、河谷はどんな気持でいるのかしら、と知子は思った。

知子は、パジャマの上にカーデガンをはおっただけ、という格好だった。着替えたかったが、一部屋のアパートでは、そんな場所もない。

「あの……どうぞ」

知子は、何とか、こぼさずにお茶を河谷の前に置くことができた。

「ありがとう……」

河谷は、部屋へ入って来たときに比べると、大分落ち着いていた。いや、いつも落ち着いているのだが、さっきは、別人のように、何かを激しく思い詰めた様子に見えた。

「すみませんね、こんな時間に」

と、河谷は、静かに言った。

「いいえ」

知子は呟《つぶや》くように言った。いや、実際には声となって出ていなかったかもしれない。

「もう、ご気分は──」

「ああ、大丈夫です。びっくりしたでしょう」

「ええ、少し」

知子は、やっと、笑顔を作った。「ここがよくお分りになりましたね」

「住所だけで家を探し当てる名人なんですよ、僕は」

と、河谷は、少し気軽な口調になって、言った。

「まあ、羨《うらや》ましいわ。私なんか凄《すご》い方向音痴で、昨日行った所へも行けないくらいですもの」

「僕の唯一の取《と》り柄《え》ですよ。土地鑑が働くのはね」

「まあ、唯一だなんて……」

「もっとも、僕の女房は、何の取り柄もない亭主だと思ってるでしょうが」

と、河谷は笑った。

知子はホッとした。――同時に、少しがっかりもした。

河谷が、急に具合悪くなって、必死になって看病するところを、一瞬、夢に描いたのである。

「本当にすみません」

と河谷はくり返した。「ちょっとわけがあって、ともかく、誰か心の安まる人の所に行きたかったんです」

「どうして私の所に？」

河谷はちょっと考えて、

「たまたま近かったせいかな」

と言った。

「まあ、ひどい」

知子は河谷をにらんだ。「そんなことじゃ女の子にもてませんよ」

「僕は正直にしか物の言えない男でね」

河谷は、真顔になった。「――僕の同僚にも大勢いますよ。そのとき、そのときに社内で実権を握ってる重役に上手に取り入って、それが失脚すれば、新しい実力者に乗りかえる……。それをやって、さっさと出世して行くのがね」

「河谷さんは、そんなタイプじゃありませんわ」

「そう……。そうなんですよ。しかし、自分はいい。妻はどうでしょう？　夫の自尊心のために、いつまでも貧乏暮しだ」

「でもそれは――仕方のないことじゃありません？」

「当の妻にとっては、そうも言っていられないでしょう」

知子は、河谷が、妻と喧嘩《けんか》でもして来たのかと思った。しかし、それにしては、背広姿で、鞄《かばん》まで持っている。

「お家へお帰りになっていないんですの？」

と知子は訊いた。

「仕事で遅くなりましてね。――なに、女房は心配したりしませんよ」

「そんなことありませんわ。お電話でもなさったら……」

「大丈夫。あれはしっかりしていますからね。僕は近々出世できそうなんですよ」

続けてそう言ったので、一瞬知子は戸惑った。言葉の内容とは裏腹に、その口調は、まるで、

「出世できそうもないんですよ」

と言っているかのようだったからだ。

「あの――おめでとうございます」

知子がそう言うと、急に河谷はキッとなって、声も鋭く、

「出世できればそれでいいと思ってるんですか！　あなたまで、そんな風に考えているとは思わなかった！」

知子はどぎまぎして、

「すみません……あの、つい……」

と顔を伏せた。

「いや――許して下さい。僕はどうかしている」

河谷は、ため息をついた。「――もう帰った方が良さそうだ。あなたのことを怒鳴りつけたりして……」

「いいんです」

と、知子は言った。「少しお気持が晴れまして？」

河谷は、微笑《ほほえ》んだ。その笑みの中に、知子は、初めて、女を見る男の目を、感じた。

「優しい人ですね、山田さんは」

「とんでもない……」

河谷は、ふと畳に目を落とすと、

「亜里ちゃんはいい子だ」

と言った。「できることなら、うちに引き取って、育てたいくらいですよ」

知子は何とも言いようがなくて、黙っていた。河谷にそう言わせたのは、何だったのか？——寂しさか。知子にはそう思えた。

「あの……」

と、知子はおずおずと言った。「奥様がご心配になりませんか？」

「そうですね」

河谷は肯《うなず》いたが、動く気配はなかった。

何となく、空気が重苦しくなって来ているのを、知子は感じていた。別に、河谷が何かしたわけでも、言ったわけでもない。

それでも、雰囲気というものは伝わって来る。

河谷は、いきなり立ち上った。知子は、ちょっとびっくりした。それほど河谷の動作は唐突であった。

「お邪魔しました」

河谷は狭い玄関先に坐り込んで、靴をはこうとした。が、靴べらというものがないので、なかなか入らないのだ。

「すみません、靴べらを買うの、いつも忘れてしまって――」

知子は立ち上って、送り出そうと河谷の方へ歩み寄った。「入りません?」

「何とかなるでしょう。少しきつめでね、この靴は」

知子がかがみ込み、河谷がヒョイと顔を振り向けた。二人の顔が、お互いに、ちょっと驚くほど、間近にあった。

知子は、頰《ほお》を赤らめて体を起こした。河谷は靴を投げ出して、立ち上った。

「河谷さん……」

「もう少し、ここにいたい」

と河谷が低く、押し殺したような声で言った。

河谷のそんな声を――熱いものを押し殺そうとして、余計に熱く赤く、燃えている声を、知子は初めて聞いた。知子は、急に自分がパジャマ姿なのを意識した。

「いて構わない?」

と河谷が訊く。

「どうぞ……」

知子はそう答えるしかなかった。――一組の布団が、敷いたままになっている。

河谷はコートを脱いだ。知子は、部屋の真中まで戻って、どうしていいものか分らず、立ちすくんだ。

知子の肩を、そっと河谷がつかんだ。——二人はそのまま抱き合って、布団の上に倒れ込んだ。知子は、自分が初めてであることも忘れていた。明りが点《つ》いたままになっていることも、恥ずかしいという思いも、忘れていた。

河谷は、少しも荒々しくない手つきで、知子のパジャマを脱がせて行った。知子は、何だかごく当り前のことのような気がしていた。もう何度もやって来たことのような、そしてただ何気なくこうなっただけなのだ、というような、気がしていた。

肌に感じる空気は冷たくなかった。血が全身を駆けめぐるのが感じられた。河谷の唇が近づいて来て、知子は目を閉じた。

「——それで？」

と私は訊いた。

「それで……。それだけです」

と知子は顔を赤らめて言った。

「映画じゃあるまいし、暗くなっちゃうわけ？——つまらない」

と、いささか不謹慎なことを言った。

「だって……何だかもう、よく憶《おぼ》えていないんですもの」

「そうね。あの人も、そううまい方じゃなかったし……」

私は肩をすくめて、「で、終ってから、帰ったの？」

「ええ。もう一時頃になってたかもしれませんわ」

「あなたに謝ってたでしょ？」

「ええ……。別に、無理に、ってわけじゃないんですもの。私にだって責任の半分はあるわけですよね」

「主人ならそうは考えないわよ。その後で何か言わなかった？　どうして突然あなたのアパートへ行ったのか、とか……」

「いいえ。でも、おいでになったときには、何かこう——苛々《いらいら》してらっしゃるようでしたけど、お帰りのときは、ずいぶん気が楽になったご様子でした」

私は、幸せそうな知子を見て、ホッとした。夫が死んで、それが知子に傷を負わせたのではないかと思ったのだが、夫との一夜は、知子にとって、もう過去の美しい想い出になっているようだった。

「——何《ヽ》か《ヽ》あったのね、その日に」

と私は言った。「よほど、夫が打ちのめされるようなことが……。でなきゃ、あなたの所なんかに押しかけたりしないわ」

「『あなたの所なんか』って、どういう意味ですか？」

知子が、ちょっと不満げに言った。女心は難しいのである。

「——でもねえ」

と、お茶をおかわりしてもらって、私は言った。「一応、七年間一緒に暮して来た夫でしょ。まあ、多少疎遠になっていたとはいえ、たいていのことは分ってるつもりだったわ。ところが……」

私は、これまでのことを、知子に話して聞かせた。——知子の方も、私に劣らずびっくりしている。

「過激派の闘士、子供たちのサンタクロース、女遊びで借金をこしらえ、あなたと一度だけとはいえ浮気をした……。夫に比べりゃ、私なんか浮気だけよ」

「威張っちゃいけません」

と知子は言った。

「ともかく、夫が、まるで知らない人みたいに思えて来たわ。どうなっちゃってるのかと……」

「私とのことは、よほど特別なことがあったんですわ」

「そうね」

「それに、その借金の方は、でたらめだとお考えなんですね？」

「そうなの。あの田代って男、怪しいわ。自分の借金をこっちへ押しつけようって腹じゃないのかしら」

「でも、どうして借用証が偽物だと気付かれたんです？」

「印鑑よ。それに、文章は主人の手じゃなくて、署名は確かにあの人が書いたように見えるけど、それは真似《まね》できるものね」

「印鑑が、お宅にあるのと違うんですか」

「私の印鑑なの。普段は銀行の貸金庫に入ってるわ、登録してあるから」

「それが押してあるんですか？」

「そうなのよ。妙な話だわ。――主人があれを使うはずがないのよ。他に家にも印鑑はあるんだもの」

「でも……どうして田代って人が？」

「そこが分らないの。だから、黙って帰したのよ。あの印鑑は、主人が死んでからは、しばらく家に出して来てあったの。何かと使うこともあったでしょう。でも、持ち出すなんて、誰にもできなかったはずだけど……」

「おかしいですね」

　私は肩をすくめて、

「まあ、探偵じゃないから分らないけど、でも、おとなしく三百万も払ってやるくらいなら、少々お金を使っても、実際のところを調べてやるわ」

「私、お手伝いします」

と、知子が身を乗り出すようにして、言った。

「あなたが?」

「そうでもしないと、申し訳なくて、気が済みませんもの。やらせて下さい」

「でも、忙しいでしょう」

「二十四時間、学校にいるわけじゃないんですから。それに、私、力はあるし、少し合気道も習ったし……」

「まあ、凄い」

私は目を見張った。「恋敵にしなくて良かったわ」

「じゃ、いいんですね?――何をしましょうか?」

「そうねえ……。まず田代の会社に行って、あの人の評判を聞き込んで来てもらえないかしら。三百万円も騙《だま》し取ろうっていうんだから、何かお金に困ってることがあると思うのよね」

「分りました。明日、お休みを取ってあるんです。早速行って来ますわ」

「お休みを?」

「ええ。今夜、奥さんに引っかかれて、けがするんじゃないかと思ったもんで」

私は吹き出してしまった。そんなに手回し良く告白されたのでは、怒るわけにもいかないではないか。

それに、一度とはいえ、夫が浮気していたと知って、大分私の心は軽くなった。今までだって、そう重いわけじゃなかったのだけれど。

「奥さんは、これから何を調べるんですか？」

と、知子は、すっかり楽しんでいる感じだ。

若いんだなあ、と少々ねたましく思った。

「大学の杉崎っていう事務の男と、もう一度話してみたいの。それに、夫の会社の内情。——何かあったのは確かだと思うのよね。柏木幸子《ゆきこ》と、それに、告別式に来てくれた、同僚の平石っていう人に、話を聞こうと思ってるの」

「でも気を付けて下さいね。けがでもなさったらご主人だって悲しまれますわ」

「そうねえ」

私は考え込んだ。「死んでも、私、主人と同じ側へ行けるとは思えないものね……」

——その夜は、至って爽《さわ》やかな気分でベッドに入った。

勝手なものだが、ベッドに入って、夫に抱かれたときのことを考えていると、今頃になって、山田知子に嫉妬《しっと》を覚え始めた。

隣の枕《まくら》をポンポンと叩いて、

「ねえ、あなた」

と声をかけた。「あの子と私と、どっちが良かった？」

いなくなった夫が、何だか急に身近に感じられた。——生きている内に、こんな会話をしてみたかった。

「浮気者！」

と呟いて、私は、夫の枕をつかむと、そこに顔を埋めた。

体の中が熱く燃え立っていた。私は、枕の中に、夫がいるかのように、強く、強く、顔を押し当てていた……。

7　もう一つの死

目が覚めると、もうお昼近かった。

十時間はたっぷり眠った勘定になる。我ながら、少々呆《あき》れた。

起き出して顔を洗い、コーヒーを入れて一杯飲むと、やっとすっきりした。

さて、今日はどこへ行くか。――まずこの間の話の続きを、柏木幸子に聞こう。杉崎のところは、夜でもいい、自宅へいきなり押しかけてやってもいいだろう。

電話が鳴り出した。少し放っておいたが、しつこく鳴り続けるので、

「うるさいなあ」

とブツクサ言いながら、のんびりと歩いて行って受話器を上げる。アーアと欠伸《あくび》をしてから、

「河谷です」

と、言った。

「奥さんですか、落合ですが」

落合？　落合の方に知り合いがいたかしら、などと考えてから、やっと落合刑事だと気

が付いた。

「まあ、どうもおはようございます」

と、言って、もう十二時を回っているのを見て、

「こんにちは」

と言い直した。

「おやすみでしたか、それは失礼しました」

「いいえ、さっき起きたところですの。——何かご用ですか？　逮捕されるのかしら」

「逮捕するのに、いちいち電話で都合はうかがいませんよ」

それもそうだ。

「それじゃ、どういう——」

「杉崎という男をご存じですか？」

「杉崎……。あの——M大学の？」

「やっぱりそうですか。昨日、大学へ訪ねて行かれましたね」

「はあ、それが何か……」

どうやら、嘘をついても仕方ないらしい。「杉崎さんが保護願でも出したんですか」

「いや、手遅れですね。殺されました」

「殺され……た？」

「何のご用で杉崎に会われたんです？」

と、落合刑事はたたみ込むように訊《き》いて来る。

私に、考える間を与えまい、ということだろうが、そうはいかない。一度あったきりの男が殺されたくらいで、ショックを受けるほど、私はデリケートではないのだ。

「主人が、あの人と会うと言っていたのを思い出したので、会いに行ったんです」

「ご主人が？　いつのことですか、それは」

「出張に出る前です。帰ったらすぐに会うことになっているから、もし留守中に電話があったら、聞いておいてくれ、と……」

話だけなら、消えてなくなるのだから、証拠はいらないわけだ。

「それで、杉崎は何と言いました？」

「会っていない、と。――でも、何だかあわてた様子でしたから、もう一度会おうと思っていたんです」

「そういうことは、警察の耳に入れて下さらなくては困りますね」

「だって、私の記憶も曖昧《あいまい》ですし、主人が殺されたことと関係があるのかどうかも分らないのに、そんなことできません。主人が何か恩を受けた方《かた》かもしれないんですよ。あの大学を出てるんですから。それなのに、警察が――」

「いや、分りました」

と、落合は遮った。

苦笑している顔が、目に見えるようだ。

「どこで殺されたんですの?」

「自宅です。今から行って来るつもりですが――」

「私を連れてって下さいません? 監視してるのに、丁度いいでしょ」

「自宅をご存じですか」

「知っているはずないでしょう」

と私は言った。「三十分で仕度しますから、迎えに来て下さいね」

私はさっさと電話を切ってしまった。――公僕でしょ。それくらいやれ!

杉崎が殺された……。昨日、私が会いに行ったことで、何かが起こったのだろうか?

まさか、そんな、スリラー映画のようなことが……。しかし、現実に夫が殺されている。

そして、そのことで話を聞きに行った翌日に、杉崎が殺された。

偶然だろうか? そうでないとは言えない。私は、左手の傷を見た。

この傷だって、幻でもなく、事故でもない。誰かが私を傷つけようとして――ひどいときには死ぬかもしれないのを承知で――硫酸か何かのびんを投げたのだ。

これは冗談でも何でもない。つまり――人を殺してでも、夫の死の真相を知られたくない、誰かがいるのだ。

私は、鏡の前に立って、

「気を付けるのよ。大胆に、でも慎重にね」

と、自分の像に言い聞かせた。

手早くシャワーを浴びて、頭をもっとすっきりさせると、外出の仕度をした。もちろん、ホテルのパーティに行くわけじゃないので、できるだけ動きやすいように、パンタロンスーツにした。

だが、考えてみると、落合には仕事がある。わざわざここに迎えに来てくれるものだろうか？

「ふざけるな！」

と思って、さっさと現場へ行っているかもしれない。

「それならそれでいいわ」

と、一応仕度だけして、時計を見た。

ちょうどそのとき、玄関のチャイムが鳴った。

「パトカーで呼びつけられたのは、初めてですねえ」

と、座席に落ち着くと、落合が言った。

別に怒っている様子ではない。

「すみません」

「いいですよ。どうせ途中だったんですからね」

落合は私を見て苦笑した。「それにしても、あなたが犯人とは思えなくなって来ましたね」

「そうですか?」

「犯人なら、どんなに倹約家でも、パトカーに乗りたがったりしませんよ」

落合はそう言ってから、

「もし犯人なら、今までに会ったことがないくらい、度胸のいい犯人ですね」

と付け加えた。

「杉崎さんは、いつ殺されたんですの?」

「まだ詳しいことは、聞いていないんです。――ああ、それから、告別式のときに、あなたにぶつかった過激派の男――憶《おぼ》えていますか」

「何とかいいましたわね」

「志村一郎です。彼はM大学の学生なんですよ。つまり、ご主人の後輩というわけです」

「そうですか。でも、主人が卒業したのは、ずっと昔のことですわ」

「そうですな。――まあ、何かあったか、なかったか、その辺は調べてみた方がいいようだ」

と言ってから、落合はふと私の手を見て、

「手をどうしたんですか?」

と訊いた。

「ああ、これですか。片付け物をしていて、ちょっと切ってしまったんですの」

「それは危ないな。気を付けて下さい」

本当のことを、落合に話す気には、なれなかった。夫があの若者のグループとずっと接触していたこと、そして、若者の逃亡をいわば助けていたこと……。夫の秘密は、私だけが守っておきたかった。

——杉崎の家は、ごくありふれた建売住宅だった。

せいぜい三十坪ほどの土地に、プレハブの二階屋と、小さな庭。しかし、まだそう古い建物でないと思えるのに、どことなく、荒れ果てて、汚れた感じがした。

玄関の前には、パトカーなどが停《とま》って、近所の人たちが集まっている。

私と落合刑事が、その人たちをかき分けて玄関の方へ歩いて行くと、

「奥さん?」

「違うわよ。あの人じゃない——」

といった囁《ささや》きが交わされるのが耳に入って来た。

「落合さん、どうも——」

と、中から、白い手袋をした若い刑事が顔を出した。

「何か分ったか？」

「今のところはさっぱり……。見て下さい」

「現場は？」

「居間です」

夫が殺されたのも、居間だった、と私は思った。落合が私の方を見て、

「見ない方がいいかもしれませんよ」

「主人の死体を見ていますもの」

「そうですか。——物に触れないようにして下さい」

私は、八畳ほどの、何だかちょっと狭苦しい居間へと足を踏み入れた。死体は、布で覆われていた。

「刺されていますね。凶器はまだ見付かっていません」

若い刑事が説明している。刺殺というのも夫と同じだ。やはり何か関連があるのだろうか？

私は、仕事の邪魔にならないように、気を付けながら、居間の中を見回した。——そう物が多いわけでもないのに、狭く感じられるのは、雑然として、片付いていないせいだった。——新聞が山と積んであって、灰皿はタバコの吸殻で溢《あふ》れている。

ガラス戸越しに庭を見ると、植木鉢が棚の上に並んでいたが、どれも枯れて、放ってある。どことなく侘《わび》しい光景だった。

「どうも昨日の内に刺されたようですな。詳しくは分らないが」

と、落合がやって来て、言った。

「奥さんが家を出ておられるんですね」

私の言葉に、落合は、ちょっと戸惑ったようだった。

「どうしてです？」

「灰皿や、庭の様子、飾り棚の壜《びん》なんか見ると、そんな風に思えて……」

「ああ、なるほど」

と、落合は肯《うなず》いた。「鋭いですな。確かめてみましょう」

若い刑事を手招きして、

「杉崎の家族は？」

と訊く。

「妻と二人暮らしでした。ただ、半年前から、別居していて――というか、奥さんが出て行っちまったようですがね」

「なるほど」

落合がチラッと私を見た。「――で、連絡はしたのか？」

「はい。やっと一時間ほど前に連絡がつきまして、そろそろやって来ると思いますけど……」

と、その若い刑事が言い終ると同時に、私服の警官がやって来て、

「被害者の奥さんがみえてます」

と告げた。

杉崎の妻は、無表情に夫の死体を見下ろした。——五十近くだろうが、見たところは、もっと老《ふ》け込んでいた。

髪が白いとか、しわが目立つとかいうのではなく、生気がなく、目にも光がないのである。

「犯人?——知りませんよ」

と、落合の問いにも冷ややかに答えた。

「別居なさっていたんですか」

「ええ。でも、私は殺したりしませんよ」

「それはもう——」

「こんな人、殺したって、一文にもなりゃしない」

と、杉崎の妻は言った。

それが、憎しみも嫌悪も感じさせない、平坦《へいたん》な声で言われたので、いっそうやり切れな

い気がした。

　杉崎の妻は、ふと私に気付いて、

「あなたがそうなの？」

　と声をかけて来た。

「え？」

「杉崎の彼女？」

「いいえ。たまたま昨日初めてお会いしたので……」

「そう。――確かに、この人にはもったいないわ」

「ご主人に恋人が？」

　と落合が訊く。

「ええ。そうなんですよ。だからこっちも出てやったんだけど――」

と、居間の中を見回して、「だらしがない人だったわ。出て行くと言うと、『お前がいなくても、彼女がちゃんと来て、きれいにしてくれる』って、威張ってたけど、結局、何もしてくれなかったようね」

　あざけるような笑いが、杉崎の妻の口から洩《も》れて、私は、逃げ出したいような思いに駆られた。

「しかしですね」

と落合が言った。「ご主人は殺された。犯人がいるわけです。――あなたがここにいる間で、ご主人が身の危険を感じておられるようなことはありませんでしたか?」

「さあ。分りませんね」

と、杉崎の妻は肩をすくめた。「大体ここ何年も、ろくに口なんかきかなかったんですから」

「そうですか……」

さすがに落合も諦《あきら》めたらしい。

「もう帰っていい?」

「後ほどまたおいでいただくことになると思いますが」

「いいわよ。――そうね、もう主人がいないんだから、戻って来てもいいわね」

杉崎の妻は、もう夫の死体に目もくれず出て行った。

「大したもんだ」

と、落合が言った。

「何がですの?」

「いや……まあ、何となくです」

落合の言葉も、分らないではなかった。

それにしても、冷え切った夫婦というのは、あんなにも寒々として、やり切れないものなのか。――いくら浮気していても、私と夫の間は、あんなにひどいものではなかった……。

もちろん、私と夫の間の平和が偽りの平和だったと言われれば、その通りかもしれない。しかし、そこには何分の一か、真実の平和も含まれていた。杉崎たちのように、平和すら――いや、平和でも争いでも、ともかく関り合いということ、そのものが消えてなくなっているのとは、違っていた。

だからといって、私は自分の浮気を弁護する気はない。ただ、いくら久保寺《くぼでら》と浮気を楽しんでいても、夫と別れる気はなかったのである。

「――どうも、これは難しそうだな」

落合が首を振った。「杉崎の女とか、例の志村の線とか、当る所は色々ありますが、どうも、勘では見込みがない」

「刑事さんって、今でも勘に頼るんですの？」

「まあ、そうですね。捜査は勘の裏付けですよ」

「落合さん」

と、巡査が一人顔を出して、「隣の家の人が、何か見たらしいんです」

「そうか。よし、話を聞こう」

居間には死体があるので、玄関先で話を聞くことにしたようだ。

「昨日の十時過ぎだね」

と言ったのは、六十近い感じの老人である。

「何か聞こえたんですね？」

「喧嘩《けんか》しているような声がした。――しかし、話の中味は聞き取れなかったがね」

「杉崎の声は分りましたか」

「ああ、分るとも。何度も聞いてるからね」

「すると相手は？」

「さてね。女だったことは確かだよ」

「女？――間違いありませんか」

「ああ」

「それで……」

「喧嘩の声が三十分近く続いたかな。何か物が壊れる音がして、静かになった」

「壊れる音？　どんな物です？」

「ガラスとか、何かそんな物らしかったね。よく分らないが……」

「それから？」

「騒ぎがあんまり長く続くので、ちょうど窓を開けて、その家を覗《のぞ》いておったのだ」

「何か見たんですか」

「女が出て行くのをね」

「どんな様子でした？　いや、着ている物じゃなくて、印象です。あわてているようでしたか？　それとも、静かに周囲をうかがって……」

「そうだな……。何かこう——自分のしたことに恐れおののいている、という様子だったね」

いささか文学趣味の持主らしい、と私は思った。

「女に見憶《みおぼ》えは？」

「残念ながら、顔は陰になっていてね」

「着ているものとか、何か特徴はありませんでしたか？」

「クリーム色のコートをはおっとったな。それ以外は、暗かったので、よく分らん」

「コートですか」

落合がメモを取って、「どんなコートか分りますか？　えりは大きいとか小さいとか、ベルトがあったかどうか、とか……」

「ベルトがぶらぶらしてたな。うん、それはよく憶えとる。それ以外はちょっと分らないね」

隣家の老人が帰って行くと、落合は肩をすくめて、

「これだけじゃ、どうにもなりませんな」

と言った。

「死後大分時間がたっているところから見て、その女が犯人らしいが……」

「それなら私はアリバイがあります」

「そうですか」

「残念でした」

と言ってやると、落合は笑って、

「いや、奥さん、あなたは面白い方ですね」

「それは誉め言葉ですの？」

と私は落合をにらんでやった。


「柏木はただいま外出中でございますが」

と、交換手の返事があった。

「そうですか」

私は、ちょっとためらってから、「あの、何時頃お戻りか、分りませんか？」

「さあ……ちょっと分らないんです」

「じゃ、結構です」

私は、電話を切って、席に戻った。山田知子との待ち合せの時間には、まだ三十分ある。

そろそろ、四時になるところだった。

柏木幸子に会って、話を聞きたかったのだが、外出中では仕方ない。だが、社員が外出していて、何時に戻るか分らないというのは、ずいぶんだらしのない話だ。

私もＯＬだったから分るのだが、普通、仕事で外に出るときは、どこへ行って、何時頃戻るか、予定を出しておくのが当然だ。

帰りの時間を少しさばを読んで出して、どこかでのんびりさぼって来るのも、ＯＬ生活の楽しみの一つである。もっともケチな課長がいて、届を出すと、必ず、

「どこどこまで何分、用件に何分、何時までには戻れるはずだ」

と文句をつけられたものだ。

夫の会社も、その辺、割合にきっちりしているようではあったが……。まあいい。また電話してみよう、と思った。

「あら！　早いですね！」

と声がして、顔を上げると、山田知子がやって来るのが見えた。

「まあ、そっちも早いじゃない」

「ええ。ああ、お腹空《す》いちゃった」

と、大きく息をつく。

こういう風に振舞えるというのは、若さというものなのである。私のような年齢で、大

声で「お腹空いた！」などと言おうものなら、みっともない、とにらまれるだろう。

「お昼抜きなの？」

私は、知子が猛然とサンドイッチを平らげるのを見て訊いた。

「いいえ。でも——足らないんです。いつも、子供たちと食べた後で、近所のおソバ屋さんに行くんですもの」

まあ、肉体労働だから、それは当り前かもしれない。

「で、何か分って？」

「ええ！　凄《すご》いでしょ。一日で情報を仕入れて来るんだから」

「どこで聞き込んで来たの？」

「お昼休みに、会社の前で待ってたんです。そして、女の子たちがワッと食事で出て来るのを、後をついて行って、同じ食堂に入って、混んでるからって、一つのテーブルに坐《すわ》って……」

「それで、田代《たしろ》のことを？」

「ええ。友達が田代って人とお付合いしてるんだって言ったんです。でも、何だか心配なので、相手のことを調べようと思って来たんだけど、って」

「で、何か話してくれた？」

「もう、向うの方からベラベラ。怖いですね。女の口って」

「そんなものよ」

「大体、嫌われてるみたい。何人かの人にお金をちょこちょこと借りちゃ、返せと言うともうちょっと、と言って逃げるんですって。もう諦めちゃった人もいるとか。——妻子もあるというんで、私、大いに怒ってみせたんです。友達を騙《だま》してる、って。だから、その女の子たちも、私のことは田代に言わないって約束してくれました」

「いい腕ね。探偵になれるわよ」

「いつも子供と一緒にお芝居やってますからね」

と、知子は楽しげに言った。「——田代ですけど、このところ、賭《か》け事に手を出して、大分損してたみたいなんです」

「じゃ、不思議はないわね、私のところへ来たのも。それをうまく利用して、どうやって印鑑を持ち出したのか、問いつめてやるわ」

「お手伝いしましょうか？」

「ありがとう。でも、今すぐというわけにいかないし。——またお願いするわ」

「いつでも言って下さい」

私は、張り切っている知子を見て微笑《ほほえ》んだ。何とも心強い味方である。

「そうそう。杉崎が殺されたのよ」

と私が話をすると、知子はますます目を輝かせて、身を乗り出して来た。

「じゃ、やっぱり女が絡んでるんですね」

「そうね。――杉崎の愛人とかいう女かしら？　でも、今、杉崎が殺されたっていうのは、ちょっと妙な気がするわ」

「そうだ。忘れてたわ。田代の方にも、女がいるらしいんです」

「それも聞いて来たの？」

「時々電話がかかるんですって。名前を言わないで、ただ『知り合いの者です』って。――妙でしょ？　それに、電話を取ったことのある女の子の話だと、どうも長距離らしいっていうんですよね」

「長距離電話？」

「声の感じが、です。それに、田代が、話してるときに、料金がかさむからとか言ってたそうなんですよ」

さすがに細かい。――まあ、田代に女がいようといまいと、私には関係ないけれど、賭け事をやり、女にまで手を出していては、金がなくなるのも当り前だろう。

「でも、妙なのは、お金に困った田代が、どうして私のところからお金をとろうと考えたか、なの。――ねえ？　普通、あまり付合いもない家からお金を騙し取ろうとする？　やっぱり、印鑑を手に入れられるという見通しがあって、計画したんだと思うのね」

「それはそうでしょうね」

「すると……。いくら考えても分らないのよね」

と私は頭をひねった。

「――田代の奥さんにでも会ってみたらどうでしょう?」

「ええ?」

「相手の女のことも分るかもしれませんよ。それに、田代だって、奥さんに知られたら、追い詰められて――」

「ちょっと危険ね。あの手の男は、結構やけになると何をするか……。いいわ。よく考えてみる。田代から電話があるでしょうから、そのときに、また手伝っていただくかもしれないけど」

「ええ。いつでも呼んで下さい。子供たち引き連れて、かけつけますから」

知子は楽しげに言った。

8　暗躍する夫

知子と別れて、私は、夫の会社へと足を向けた。ちょうど、五時の終業間際《まぎわ》に着けるし、その頃なら、柏木幸子も帰って来ているだろうと思ったのだ。

──受付に立ったときから、どこか異様な雰囲気だった。

「柏木幸子さんにお会いしたいんですけど」

と言うと、受付の子は、なぜかひどくあわてた様子で、

「あの──ちょっとお待ち下さい」

と、奥へ引っ込んでしまった。

少しして戻って来ると、

「どちら様でしょうか?」

「河谷と申します」

「あ──河谷さんの……」

「そうです」

「ちょっとお待ちを」

何だか落ち着かない。

大体、五時が近くなると、女の子はソワソワして落ち着かないものだが、それとはちょっと違っていた。

私は応接室ではなく、ずっと奥の方へと通された。ガランと空いた会議室だ。

ここで十分近くも待っただろうか。

「――やあ、どうもお待たせして」

入って来たのは、千田社長だった。

「社長さん。わざわざどうも……」

「いや、社内がちょっと取り込んでいましてね」

「それならまた出直して参りますけど」

「いや、もう大体おさまりました。――柏木君にご用とか？」

「はあ。主人のことで、ちょっとうかがっておきたいことがあったものですから」

と、私は言って、千田社長の、捉《とら》えどころのない顔を見つめた。「柏木さんは、いらっしゃらないんですか？」

「会社を辞めたのです」

「辞めた？」

私は戸惑った。「いつですか？」

「今日。突然にね」

「どうしてまた……」

「これは公には出さないでいただきたいのですがね」

と、千田は言った。「柏木君は会社の金を持って姿を消してしまったのです」

私は啞然《あぜん》とした。――あの柏木幸子が？　信じられない気持だった。

「でも、どうして――」

「理由は、さっぱり分りません」

と千田は穏やかに言った。「ただ確かなのは、彼女が二千万近い金を持って、社を出て、それきり行方不明になっているということです」

二千万。――大変な金額である。

「そんな現金を持っていたんですか」

「たまたまですがね。銀行から給与の支払い用に届いたのです。うちはまだ現金で払っていますから。ああ、もちろんご存じですな、それは」

「ええ。――じゃ、警察へは？」

「届けるべきかどうか、迷っているのです。企業としての信用もある。柏木君が思い止まってくれるのを期待しているのですがね」

しかし、ここは別に銀行でも信用金庫でもない。千田が、警察へ届け出ることをためらう理由はないように思えた。

千田は一つ息をつくと立ち上った。私も立って、

「とんでもない所へお邪魔してしまって」

「いや、構わんですよ。ところで——」

「何か？」

「今夜、お食事でもどうです。前にお約束しておりますよ」

「でも、こんなときに……」

「それとこれとは別です。二千万ぐらい持ち逃げされても、会社は潰《つぶ》れませんからな」

私はためらったが、一度は千田と話さなくてはならないと思っていたのだから、今夜で悪いわけもない、と決めた。

「分りました。どうせ一人ですから、私は構いません」

「やあ、それはありがたい」

千田は、微笑して言った。「ではここで待っていて下さい」

——一人になると、私は窓の方へと歩いて行った。

まだ多少明るくて、ビルの谷間に、赤い夕陽が射《さ》し込んでいる。五時を回ったので、道は帰りを急ぐサラリーマン、ＯＬたちで埋り始めていた。

高い所から人間を見るというのは、妙なものだ、何だか、自分が神になって、下界を見

下ろしているようで、指先で人一人押し潰《つぶ》してみたいような気持になる。

あの一人一人に、家族があり、喜びがあり、悲しみがあって、一つ一つの人生があるのだということが、信じられないようだ。

私は、ふと、あの人々の中に紛れて、一緒に歩いていたいという思いに駆られた。

忙しく動き回り、歩き回り、疲れたら、家へ帰って体を休める。――それが人間の生活というものなのだろう。

「働こうかな」

と私は呟《つぶや》いた。

夫が生きている間は、そんなことを考えたこともなかったのに、と私は思った。――この一件が片付いたら、どこか勤め口を見付けて、働こう。

母は、きっともう家にいろと言うかもしれないが、しかし、家の中だけで、退屈に日を送り、年齢《とし》を取っていくのは、いやだった……。

ドアが開いて、千田が顔を出した。

「お待たせしました」

「――教えて下さい」

ワインのグラスを置いて、私は言った。

「何です？」

千田は、ちょっと目を見開いた。

青山にある、あまり目立たないフランス料理の店だった。照明は薄暗い。平日でもあり、客の姿はまばらだった。

そもそもが大きな店ではない。

料理はさすがに悪くなかった。夫は大体、こういう洒落《しゃれ》た店を知っているタイプではなかったから、二人で食事ということも、めったになかったのだ。

「何を教えろと？」

千田が訊いた。

「主人との間に、何かあったんですか」

千田は、ちょっと考えていたが、

「まあいいでしょう。――いや、こうして、奥さんを招待したのも、一つにはご主人の働きに対して、お礼をしていなかったのが、心にひっかかっていたからでしてね」

「といいますと？」

「昨年の暮、我が社は、かなり大きな痛手をこうむったんです」

と千田は言った。「正直に言って、一時は、倒産かと噂《うわさ》されたほどでした」

「存じませんでしたわ」

「まあ、年が明けて、幸い事態は好転し、何とか持ちこたえることはできた。しかし、従来の体勢ではどうにもならないということは、はっきりしていました。——つまり、人員の縮小ということです」

「要するに首切りですね」

「そうです。私は、女子社員を中心に、二十人近い人間をやめさせようと思いました。しかし、正面切って辞職してくれと言えば、退職金を払わなくてはならない。女子の給料がいくら安くても、二十人分とまとまっての退職金となると、容易なことではありません」

「でも、仕方ないでしょう？」

「そこで、少々汚ない手を使ったのです」

と千田は、ニヤリと笑った。

あんまり愉快な笑い方ではなかった。

「彼女たち二十人の机に、私を糾弾して、辞職させようという、ガリ版刷のビラを入れておきましてね。日曜日の間にやったのです。そして月曜日、朝、全員を入口の所で止めて、揃《そろ》ったところで、全員の机の中を私の秘書が調べたのです。——当然、二十人の机から、そのビラが見付かる。それぞれ二十枚ずつ入っていましたから、当然、他の社員に配るためにしまってあったものと見なしました。それを理由に解雇しよう、というわけです」

私は呆《あき》れた。——「大人」の社会だからきれい事で済まないことはあるとしても、そんな卑劣な手段を平気で使っているとは！

「で、どうなりましたの？」

「組合なんてものは、『会社が潰れてもいいのか！』と一喝してやれば、手も足も出ないものでしてね。当の女の子たちはもちろん騒ぎ立てましたが、彼女らを支援する者がいたら、解雇すると言い渡したので、みんな静まりました。――組合の委員長の平石にしても、です。そんなものなんですよ」

夫の告別式に来ていた男である。

「で、そのまま思い通り運びそうだったんですが……」

「そうはうまく行かなかった？」

「ええ。悪いことに、ビルの管理会社の人間が、日曜日に私の秘書が、そのビラを彼女たちの机に入れるところを見ていたのです。それをしゃべってしまった」

千田はちょっと手を広げて見せて、「こうなると、組合の方も面子《メンツ》がありますから後に退《ひ》けない。会社は事実上、ストライキに入ってしまったのです」

当り前だわ、と私は思った。私なら、千田をつるし上げるだろう。

「これには参りましたよ。仕事はストップ。注文、供給が完全に滞って、客からの苦情が殺到しました。正直なところ、私のクビも危なかったのです」

「それが主人とどういう――」

「私も一旦腹を決めました。最後の手は、第二組合を作ることです」

「スト破りですね」

「一人では仕方ない。少なくとも日常業務がこなせるだけの人間を動かさなくては。組合の連中がいなくても一向に困らないんだぞ、というところを見せれば、組合員も動揺します」

「管理職だけじゃ、だめだったんですか」

「みんないいかげん年寄りですからね。――さて、その手をどう打つか、考えました。一人一人切り崩している時間はない。後何日か仕事が止っていたら、私は株主にクビにされるのが確実でした。――誰か、他の社員に影響力を持っていて、あいつが仕事をするのなら俺《おれ》も、と思わせる人間を見付けて味方にするしかありません」

私はじっと千田を見つめた。

「それが――主人ですか?」

まさか、という気持だった。

「その通り」

千田は肯《うなず》いて、「私はご主人と夕食を共にしました。この店でね」

私は、思わず店の中を見回した。まるで、夫がどこかの席に坐っているような気がした。

「ご主人も、さすがにためらっていましたよ。何といっても、社内の人間を、かなり敵に回すことを覚悟していなくてはなりませんからね」

「で、結局——引き受けたんでしょうか？」

「だからこそ、私は今も社長でいられるわけでしてね」

おかしなことだが、夫が知子と浮気をしたと知ったときよりも、私はずっと大きなショックを受けていた。

人間には、これだけはどうしてもできないという限度があるものだ。それは、法律的な意味で、罪が重いとか軽いということではなく、ただ、人間のタイプとして、可能なことと不可能なことがある、ということである。

腕時計一箇を盗むために、平気で人を殺す人間が、電車に乗る列を乱すことは絶対にしないとか、凶悪な放火魔が、虫一匹を殺すことも嫌うようなものだ。

夫だって人間だから、人を憎んで殺すこともあったかもしれない。若い女の子に襲いかかることだって。——しかし、組合を裏切って、スト破りをやり、会社側につく、という真似《まね》は、できるはずがない。

夫はそういうタイプではないのである。

「そんなはずはありません」

いつしか、私はそう口に出して言っていた。

「どういう意味です？」

「つまり……主人は、そんなことをする人じゃありませんわ」

千田は、人を小馬鹿にしたような笑みを浮かべて、

「面白いことをおっしゃる。つまり、私が嘘をついている、とでも?」

「いえ、別に――」

「それなら会社の者に訊いてみてごらんなさい。誰でもそんなことは知っていますよ」

おそらく嘘ではないのだろう。しかし、私は信じたくなかった。

「失礼します」

私は立ち上った。その弾みで椅子が倒れて店の客が一斉に振り向くほどの音がした。

私は構わず、足早に店を出た。

千田が追ってくるかもしれない、と思って、すぐにタクシーをつかまえて、乗り込んだ。

「どちらまで?」

と訊かれて、よほどカッカしていたのだろう、

「うちまで!」

と答えてしまったのである。

運転手は笑い出し、私も一緒になって吹き出してしまった。

「ともかくこのまま真直ぐやって。考えるから」

と、私は言った。

食事の後味が一度に悪くなってしまって、私は食堂街の前でタクシーを降り、口直しにもう一度夕食をとることにした。

といっても、胃の方の容量は限度がある。そこでOL時代、時々行ったお茶漬屋さんに足を向けた。——ちゃんと、まだ営業していた。

お昼などに、本格的に食べるのはどうもというOLで、結構混み合う店である。今はもう閉店が近いので、客は他に二、三人しかいなかった。

「いらっしゃいませ」

と、お茶を持って来てくれたのは、ここの奥さんで、私がOLの頃は、新婚ホヤホヤであった。

今も多少太ったが、なかなかの美人だ。

のり茶漬を頼んで、熱いお茶を少しずつすすっていると、その奥さんが戻って来た。

「あの——失礼ですけど」

「はい？」

「以前、お昼によくみえていた方じゃありません？」

「ええ。よく憶えてますね！」

私は何だか無性に嬉《うれ》しくなってしまった。

「やっぱり！　どこかでお見かけしたな、と思ってたんですよ」

その奥さんも、もう暇なのか、手近な椅子に腰をかける。「――ほら、お勤めを辞められる日に、ここへみえて、『今度結婚するの』とおっしゃったじゃありませんか」

「そんなこともあったわね」

私は思い出して肯《うなず》いた。「相変らず、お昼は混んでる？」

「おかげさまで。あの頃はお昼の定食、四百円でしたっけ？　まだ五百五十円で頑張ってるんですよ」

「まあ、素敵！　もっと度々来たいけど……。あ、そうだ。私が辞めるとき、お腹が大きくて――」

「そうでしたね。もう二人目が幼稚園です」

「そんなに……」

私は絶句した。改めて年齢を思い知らされた。

「今は……のんびり母親業ですか？」

「子供はいないの」

「あら。でも結構何年もたってから、ヒョッコリ出て来るもんですよ」

出て来る、ってのは正に実感がある。

「それが主人にこの間、先立たれちゃって。――今は未亡人ってわけなの」

「まあ……。すみません、余計なこと言って……」

「いいえ、いいのよ。ちょっと気が滅入《めい》ってたから、声をかけてくれて、凄《すご》く嬉しいの」

「元気出して下さいね」

「ありがとう」

店の奥から、

「上ったよ」

と、ご主人らしい声がする。

奥さんは立って行くと、少し何やらガタゴトやって、それから盆を運んで来た。

「どうもお待たせしました。——タクアンを余計におつけしておきましたよ」

「まあ、よく憶えててくれたのね」

私は、はしを割って、タクアンをつまんだ。ここのタクアンは、やや薄味で、しかしそこがおいしいのだ。

口へ入れるとき、一瞬の迷いがあった。何年もたっているのだ。多少は味が落ちているのではないか、と思った。でも、好意で沢山出してくれたのだ。おいしいと言って食べなければ。

でも、味は少しも変っていなかった。あの頃のままの、歯応《はごた》えと、味である。

私は、ゆっくりと、熱いお茶を、熱いご飯の上にかけた。のりの香りが、まるで解き放たれたように立ち昇って来る。

あのときのままだ、と思った。昔、まだ若かった頃。夫と知り合った頃。一応は、結婚を前に、多少胸を弾ませていた頃……。

その頃のままのものが、今でもこうして、残っている。

何だか分らないけど——本当にわけも分らず、涙が出て来た。

夫が死んでも、泣いたりしなかった私なのに。

急に胸が切なく苦しくなって、急いでお茶漬をかっ込んだ。頰《ほお》を涙が伝って落ちて行った。

あわててハンカチを出して涙を拭《ふ》く。——どうしたっていうんだろう？　本当に馬鹿みたいだ。

「——大丈夫ですか？」

奥さんが、ちょっと心配そうに、おずおずと声をかけて来た。

「ええ……。ごめんなさい。どうってことないのよ」

「すみません、変なことを言ったものだから——」

「とんでもない」

と私は首を振った。「そんなんじゃないのよ、ほんと」

他の客が立ち上った。奥さんがレジの方へと歩いて行く。

——私は、何だか急に自分が一人で取り残されたような気がした。いや、事実、もう客は私一人だった。

　家にも、誰一人待っているわけではない。私は一人で残されているのだった。人生の中に……。


　少し、夜の街を歩いた。

　オフィスの多いこの辺りは、早く、暗くなる。裏通りの、小さなバーやクラブがにぎわう時刻である。

　客を待つタクシーやハイヤーが、道を占領して並んでいる。

　酔って出て来る男たち。もてなされた側はいい気分で、車に乗り込むが、もてなした方の男たちは、一向に酔っている様子もなく、走り去る車に、何度も頭を下げ、車が見えなくなるとホッとしたようにあたりを見回す……。

　おそらく、この男たちは、これから自分が酔うために飲むのだろう。

　夫もこんなことをしていたのだろうか？

　まるで大学の研究者か何かのようだった夫にとって、こんな仕事が堪えられたのだろうか？——私には、不思議でならなかった。

　私なら、会社を辞めてしまっていただろう。それで結婚が壊れるなら、それでもいい。

　夫は、私のような妻のために、こんなことを堪えていたのだろうか？　外に恋人を作って、平気で出歩いているような妻のために……。

何となく夫が哀れになった。

私が哀れむというのは、妙なものかもしれないが、夫があの千田社長の卑劣な計画に乗ったとき、私のことを考えて、クビになるわけにはいかないと思っていたのだとしたら、それは「哀れ」と言うしかないではないか。

今さらのように、夫が、生きていてくれたら、と思った。

いや、私がただ謝るために、ではない。そんなに自分を裏切ってまで、会社に残るべきかどうか、なぜ私に相談してくれなかったのか、と問いかけてみたいのである。

あなたは何も話してくれなかった。

苦労はみんな僕がするのだ、という顔をして。——私もそう思い込んでいるところはあったが、けれども、話してくれれば、聞かないわけではなかったのに……。

私は、通りかかる空車を停《と》めた。

今度こそは、家へ帰ることにした。

——家の前でタクシーを降り、玄関の鍵《かぎ》を開けて中へ入る。

暗い玄関で、他の靴につまずいた。——おかしい、と思った。

玄関に、靴を出してはおかなかったはずだ。

緊張した。——誰かが、暗がりの中に潜んでいるのだろうか?

玄関の明りへ手を伸ばしたが、思い直して、靴をそっと脱ぎ、上り込んだ。

家の中は暗いが、どことなく、人の気配がある。――耳を澄ましていると、声が聞こえた。

居間だ。空耳かと思ったが、そうではない。

私は、静かに居間のドアへ手をかけた。ノブを回して、細く開けると、暗い室内から、はっきりと声が洩《も》れて来た。

私はドアを大きく開けると同時に、明りを点けた。

「キャッ！」

と声がした。

ソファの上で、柏木幸子と志村一郎が、あわてて起き上った。

9　哀しい恋人

私には覗《のぞ》き趣味はないから、他人のセックスの現場を見るのは、初めてだった。

「あ、あの——すみません」

柏木幸子は、スカートだけははいていたので、あわてて裾《すそ》をおろし、むき出しの上半身に、ブラウスを当てて隠した。

愉快だったのは志村の方で、パンツがどこへ行ったのかと、あわてて捜し回る様子は、何とも吹き出したくなる光景だった。

「——どうぞごゆっくり」

と私は言った。「コートをしまって来るから」

寝室へ行って、コートをハンガーにかけ、居間に戻ってみると、二人とも何とか服を着て、神妙に坐《すわ》り込んでいる。

私は、ソファに腰をかけて、二人を眺めた。

柏木幸子の方は、バツが悪そうに目を伏せているが、志村は、ちょっと、仏頂面《ぶっちょうづら》で、視線をそらしていた。

「どうやって入ったの」

と私は言った。

「あの……」

と柏木幸子がためらいがちに、

「志村君が……」

と言った。

志村は肩をそびやかして、

「鍵を開けるぐらい、簡単さ」

「勝手に入るなんて、無茶ね」

と私は言った。「どこかで待っているぐらいのことはできなかったの?」

「追われてんだ。そんな呑気《のんき》なことやってられないよ」

志村は、前のときとは打って変って、ぞんざいな口調だった。「河谷さんは何かあったら助けてくれると言ってたんだ」

私はちょっとムッとしたが、ここで喧嘩《けんか》しても仕方ないと思い直した。

「柏木さん」

「はい」

「あなた、会社のお金を持ち逃げして来たんでしょう?」

「それを――」

柏木幸子は青ざめた。

「今日、会社へ行ったのよ。大騒ぎだったわ」

柏木幸子は顔を伏せた。

「構うもんか！」

と、志村が笑いながら、「あの金の半分は社長のポケットマネーなんだぜ。なあ？」

「ええ……」

柏木幸子は、低い声で言った。「偶然、話を立ち聞きしてしまって……。社長と、専務の二人が、会社のお金を流用しようと……」

それで千田は、届け出ることをためらっていたのだ。

「でも、だからって、そのお金を盗んでいいということにはならないでしょう」

「すみません」

「どうするつもり？　お金はどこなの？」

「あの鞄《かばん》に――」

と指さした部屋の隅に、手さげのバッグが置いてある。

「そういうお金なら、返してやれば相手は黙って忘れるかもしれないわ」

「そうはいかないよ」

と志村が言った。

「どうして？」

「僕たちの逃走資金だからね」

私はため息をついた。

「いつまで逃げられると思ってるの？　一生逃げ回るつもり？——あなたは、覚えのない罪で追われてると言うけど、それなら、逃げずに無実を立証しなさい。何の努力もしないで、ただ自然に解決されるのを待ってるつもり？」

「口で言うほど簡単じゃないよ」

「それに、このお金を使えば、今度こそ、本当に罪を犯すのよ」

「返したっていいよ。その代り、金を出してくれるかい？」

私は驚いて志村を見つめた。

「私が？」

「河谷さんなら出してくれたよ」

「主人だって、そこまではしなかったでしょうよ」

「今までだって、何度も寄付してもらってんだ。それに、困ったときは来いって言われてたし」

私は柏木幸子を見た。

「あなたはどうするの？」

「あの……」

と言ったきり、続かない。

「彼女は僕と一緒さ」

と、志村は気軽に言った。「なあ、そうだろ？」

柏木幸子は答えなかった。——たぶん、もう前から志村と肉体関係があって、本人は、いつかけじめをつけたいと思いつつ、ずるずると続いて来たのだろう。

そういう、遊びとも本気ともつかない、中途半端な関係は、却《かえ》って断ち切ることが難しいものなのだ。

「——これからどうするつもり？」

と私は訊《き》いた。

柏木幸子は、志村の方を見る。引きずられている感じだ。おそらく、金を持ち逃げして来たことを、彼女は悔んでいる。

だから、どうしていいか分らず、志村の言うままになっているのだ。

「ともかく今夜はここに泊めてもらうよ」

と、志村は、当り前といった調子で、「しばらく置いてもらえるかと思って来たんだけどな」

「冗談じゃないわ」

と私は言った。

「じゃ、仕方ない」

と、志村は肩をすくめた。「ともかく今夜はここに置いてくれよ」

私はためらったが、柏木幸子のことを考えると、夜中に追い出すわけにもいかなかった。

「じゃ、いいわ。その代り明日は出て行ってよ」

と私は言った。「私は警察から目をつけられているのよ。ここにいれば、却《かえ》って危ないわ」

志村は黙っていた。そしてタバコを取り出すと火を点《つ》ける。私はちょっと間を置いて、言った。

「ここで寝てね。毛布ぐらいなら貸してあげるから」

「すみません」

と柏木幸子が頭を下げた。

居間を出て歩きかけると、

「フン、日和見《ひよりみ》だな」

という志村の声が聞こえて来た。

「でも——やっぱり無理よ」

と柏木幸子が言っている。

「何とかなるさ」

――私は二階へ上った。

ああいう、甘えた反体制の「闘士」というのは、我慢がならない。夫がたとえ生きていたとしても、手助けなどしないに違いない。

ましてや、女に会社の金を持ち逃げさせて平気でいるというのは、夫なら許しはしないことだ。

「まあいいや」

と寝室へ入って、私は呟《つぶや》いた。「今夜一晩のことだもの……」

明日は朝早くから叩《たた》き起こしてやろう、と決めた。

私は、半分眠って、半分目が覚めているような状態で、何度も寝返りを打っていた。

色々なことがありすぎた。――杉崎が殺されたり、夫のことを千田から聞かされ、あげくは、逃亡中の二人が家へ侵入していたり……。

とても、すぐに眠りに入るというわけにはいかない。

何時頃だろう？　枕もとの時計に目をやると、今時はやらない夜光時計の青白い文字と針が見えた。二時半に近い。

少し眠らなきゃ、と無理に目をつぶる。――やっと、うとうとし始めたとき、何かが足に触れるのを感じて、目を開いた。

足がひんやりする。毛布をめくっているのだ。足を、ふくらはぎから腿《もも》の方へと探って来る手があった。

私はベッドに起き上った。

「何してるの？」

薄暗がりだが、志村一郎が立っているのが分った。

いきなり、志村が私の上に飛びかかって来る。

「おとなしくしろよ！――なあ――」

「何するのよ！　気狂い！」

――その後のことはもう何が何だかよく分らない。激しくもみ合い、ベッドから床に転がり落ち、私のネグリジェを裂く音、志村の荒々しい息づかい、正に、西部劇顔負けの大乱闘だった。

志村のような、軟弱な男に負ける私ではない。スリッパを手にしてひっぱたいたり、手にかみついたり、あれこれと反撃して、やっと志村の体を押しのけて立ち上ると、傍の電気スタンドを手に取った。

「こいつ！」

志村の方も怒ったような声を立てて向って来る。こうなればこっちも本気だ。力一杯、スタンドを振り回した。ガラスの砕ける音がして、志村が呻《うめ》いた。

部屋の明りがついた。

柏木幸子が、呆然《ぼうぜん》として、突っ立っている。

——志村が顔を押えて、よろけた。額が切れて、血が流れている。

私の方も、明りが点いてみると、凄《すご》い格好だった。ネグリジェはほとんど下まで引き裂かれて、胸はむき出し、乳房に少し傷があったが、痛みは感じなかった。

「志村さん……」

「畜生！　やりやがったな？」

志村が吐き捨てるように言ったが、とても向って来る元気はないようだ。

「当り前でしょう。——何のつもりよ、一体？　力ずくでものにすれば言うことを聞くとでも思ったの？　三流映画の見すぎじゃないの？」

柏木幸子は、何だか少しボヤッとした様子で、志村の方へかがみ込むと、

「血が出てるわ」

と言った。

「台所の棚の上に救急箱があるわ」

「分りました」

志村は、柏木幸子に支えられるようにして、出て行った。

私は息を弾ませていた。まだ、スタンドを手に握って立っているのに気が付いて、あわててナイトテーブルの上に置いた。

ガラスの破片が散っているだろう。——用心しながら、ともかく、ドアを閉め、裸になって、どこかけがをしていないか、鏡に映してみた。

胸の傷の他は、少しあざになっているくらいだ。——私は服を着て、階下へ降りて行った。

掃除機を持って、階段を上りかけると、居間の方から、

「いてっ！　そっとやれよ！」

と、志村の悲鳴が聞こえて来る。

情ない闘士だわ、と私は苦笑した。

寝室のガラスの破片を掃除機で吸い取って、降りて来ると、居間から柏木幸子が出て来た。

「どうも……すみません」

と頭を下げる。

「あなたが謝る必要ないわ」

「ええ……」

二階へ上ると、柏木幸子もついて来た。寝室に入って、私はベッドに腰をかけた。

「——これからどうするの？」

柏木幸子は、目を伏せたまま、

「朝になる前に、出て行きます」

と言った。

「それはいいけど……。ずっとあの男と逃げ回るつもり？」

私は首を振って、「やめた方がいいわよ。あの男は結局あなたに養われているのに慣れて、何もしなくなるわ」

「その内……きっと容疑も晴れて……」

「でも、あなたの罪は消えないわ。やっぱり警察へ行った方がいいわよ。もしいやなら、私が千田社長にお金を返してあげる」

柏木幸子はためらっていたが、

「ありがたいんですけど……やっぱりあの人と一緒に行きます」

「ご家族もあるんでしょう？　主人のせいであなたがあの男と関り合ったのかと思うと、私も責任を感じるのよ」

「そんな……。私の責任です、何もかも」

私はため息をついた。

「あなたも子供じゃないんだし、したいようにするといいわ。ただ、ろくなことにはならないと思うだけよ」

柏木幸子は、黙って頭を下げると、寝室から出て行った。

私は、しばらく動かなかった。

玄関のドアが開いて、閉まる音がした。

裏の方へ立って行き、カーテンを開けると、まだ暗い道を、二人が歩いて行く姿が、家の間に見え隠れしている。

あれだけ言ったのだから、もうこちらの責任ではない。人それぞれ、生き方を選ぶ権利があるのだから。

それにしても……。

私は、夫の写真に見入った。まさか、あなたも、志村があんな男だと思っていて、あれこれ手を貸していたわけじゃないんでしょう。

「可哀《かわい》そうな人」

と、私は呟いた。

結局、あの志村という男にとって、夫は、ただの金づるに過ぎなかったのだろう。昔ながらの、正義感を持っていた夫は、志村を助けてやることで、自分の良心を鎮めていたのかもしれない。

それに甘え、利用することばかり考えている志村が、それだけに一層腹立たしかった……。

遠からず捕まるだろうが、その方がまだ救いがあるかもしれない。——私は、鍵をかけようと、下へ降りて行った……。


翌日——というか、その日の午後、目が覚めたのは、もう二時を回っていた。

すっかり体がだるくなってしまって、ベッドから出るのもおっくうである。

このまま眠っていようか、と考えていると、下で電話が鳴っているのが聞こえて来た。

しばらく放っておいたが、しつこく鳴り続けるので、渋々ベッドから出る。

受話器を取ると、

「あ、奥さん、田代ですが」

と、セールスマン風の当りの柔らかい声が聞こえて来る。

「あら、どうも」

私は、向うが言い出すまで、じっと黙っていた。

「あの……いかがでしょうか？」

と、田代がおずおずと言い出す。

「え？」

と、わざととぼけて、「ああ、お金のことですね」

「そうなんです。こっちも、せっつかれていまして……」

「夫の会社の方も、色々手続きが大変なようで。もう少し待って下さい」

「はあ。いつ頃になるか――」

「あ、誰か来たわ。ちょっと、お客なので、失礼します」

問答無用で受話器を置く。本当に玄関のチャイムが鳴っていたのだ。

「はい」

とインタホンで訊くと、

「こんにちは」

と、子供の声がした。

「あら、亜里ちゃん？　待っててね」

私は、ネグリジェのままだった。もちろん、ゆうべの裂かれたやつじゃないけれど、それでも、少々出て行くのはためらわれるほど、透き通っている。

あわてて寝室へ戻り、ガウンをはおって戻って来た。

「ごめんなさい、今開けるわね」

と、ドアを開けて、目を丸くした。

子供たち――十人以上もの子供が、玄関先を埋めている！

「こんにちは」

と先頭の亜里が言った。

今日は、布でできたお人形を抱きしめている。——山田知子が子供たちの向うに顔を出して、

「すみません、どうしても来るって聞かなくって」

と頭をかく。

「いいえ、いいのよ。でも——大変だったでしょう！　さあ、みんな入って」

ワーッと、凄い勢いで、子供たちが、上陸して来た。

「ご迷惑だと思ったんですけど」

と、知子は頭をかいている。

「こういう不意のお客なら歓迎よ」

と、私は言った。「ともかく着替えて来るから」

普段着にエプロンをして戻って来ると、居間と、狭い庭は早くも遊園地と化している。

「さあ、大変だ。——ねえ、私、ちょっと酒屋さんに行って、ジュースとか、買って来るわ。後お願いね」

「ええ。いいんですか？」

「おやつは何がいいかしら。——ホットケーキでも焼こうか？　何人分かしら？」

私は、買物袋を手に、家を飛び出した。

ホットケーキの粉や、卵、ミルク、ジュースなどを買い込んでいると、

「河谷さん」

と声をかけられた。

落合刑事である。

「買い出しですか」

「ええ。いよいよ逃亡しようかと思って」

と私は言って、「あ、そうだわ。すみませんけど、このジュースの箱を運んでいただけませんか？」

「いいですよ」

「すみません、いつも何だか使ってばかりいるみたいで」

「警官は公僕ですからね」

と言って、落合は笑った。「——お、こりゃ結構重いな」

「大丈夫ですか？」

「これくらい平気ですよ」

「じゃ、すみません、ミカンも買いますので……」

結局、重いものは全部、落合刑事に持ってもらって、家へ戻った。途中、

「何のご用でしたの？」

と私は訊いた。

「杉崎殺しの件で――」

「何か分りまして？」

「隣の老人が見た女は、杉崎の愛人ではなかったようです。その女にはアリバイがありましてね。それに、もう杉崎とはとっくに切れていたようです。女の方が振っていたらしいですな」

「そうですか。じゃ、他に女がいたというわけですね」

「どうも、振り出しに戻るという感じです。あなたのおっしゃった、アリバイを立証してくれる人に会いたいと思いましてね。一応は確かめませんと」

「それならちょうどいいわ」

と私は言った。「今、うちに来ていますの」

「そりゃ都合がいい。――ところで、何かのパーティですか？」

「ええ、まあそんなもんです。よろしかったら、ホットケーキをご一緒にいかがですか？」

「懐かしいな」

と落合は微笑《ほほえ》んで、「外でも、ちょっと注文し辛《づら》いですしね。ごちそうになりましょうか」

「どうぞ。でも——ちょっと落ち着かないかもしれませんけど……」

「やれやれ……」

落合刑事が額の汗を拭《ぬぐ》った。

「すみません、どうも」

と私は、汚れた皿を運んで来ると、流しに重ねた。

「いや、任せて下さい、僕が洗います」

と、落合刑事、腕まくりして、頑張っている。

「さすがに男の方は力があるわ。こんなにきれいになって——」

と、知子が洗い終った皿を拭《ふ》きながら言った。

「どうも、乗せられてるみたいだな」

落合は笑った。

「でも、お上手ですね、本当に」

「一人暮しが長いものですから。——それに汚れた皿とか、そういうものがたまっていると苛々《いらいら》してだめなんですよ」

「まあ、じゃ、まだお独り？」

「そうです。なかなか暇がなくて……」

すっかり和《なご》やかなムードで、とても刑事と殺人容疑者の対話とは思えない。

一息ついて、居間へ戻ると、子供たちはお昼寝の時間とばかり、一人残らずソファや床のカーペットで寝入っている。

「あらあら。風邪《かぜ》引いちゃうわ。——知子さん、手伝って。毛布を持って来るから」

ありったけの毛布や、夏用の薄いかけ布団を運んで来て、子供たちにかけてやる。

亜里は、隅の方の椅子《いす》に、ちょっと窮屈そうに寝ていた。

「これじゃ首が痛くなりそうね。上のベッドに運びましょうか」

「目を覚ますと——」

「そっとやるわ」

私は、亜里を用心しながら抱き上げた。思ったよりは軽い。亜里は人形をしっかりと抱きしめていた。

「そのお人形、ご主人のプレゼントなんですよ」

と、知子が言った。

「あら、そう？——もう少し大きいのにすれば良かったのに」

「いいえ。子供にはそれくらいのがちょうどいいんですわ」

そうかもしれない。高いから、安いから、というのは、大人の価値観である。

子供には子供なりの価値観があるのだ。

私は寝室へと亜里を運んで行き、ベッドにそっと横たえた。さすがに、しばらくかかえていると重くなって来る。少し、手がしびれていた。

でも、そのしびれは、不快なものではなかった。

私は、ベッドの端に腰をかけて、しばらく、亜里の、少し口を開いたあどけない寝顔を眺めていた。――子供が欲しい、と痛切に思ったことはなかったが、今、初めて、胸のちょっとした痛みと共に、その思いが私を捉《とら》えた。

でも、もう手遅れだ。夫は死んでしまった。

ドアが開いて、落合刑事が顔を出した。

「失礼――」

「しっ！　子供が起きるじゃありませんか」

と私はつい言ってしまってから、ちょっと舌を出した。「ごめんなさい。つい……」

「いや、今の顔は怖かったなあ」

と、落合は笑って言った。「いや、そろそろ失礼しようと思いましてね」

「あら。でも――」

「話は、今、山田さんからうかがいました。それにとてもあなたがご主人を殺したとは思えませんよ」

「すみません、散々手伝わせて」

私は玄関まで落合を送りに出た。

「では、また何か分ったら、ご連絡します」

と落合は玄関のドアに手をかけた。

「あの――」

「何か?」

志村のことを話そうか、と思った。早く見付かった方が、柏木幸子のためだ。しかし、思い直した。

「夫が殺されたことと、杉崎が殺されたことと、関係があると思っておられるんですね?」

と私は訊いた。

「そう見ています。――ただ、ご主人の場合、なぜ殺されたのか、その理由がつかめないので困るのですよ。何か思い付かれたら、いつでも電話して下さい」

「分りました」

落合は玄関のドアを開けた。知子が駆けて来ると、

「刑事さん、お電話です」

と言った。

「ああ、どうも」

落合がもう一度上り込む。

居間の電話に出ると、落合は短いあいづちの他は何も言わずに、向うの話を聞いていたが、やがて肯《うなず》くと、

「よし、じゃ、すぐ手配してくれ」

と言って、電話を切った。

「何かありまして？」

「例の志村一郎です。友人の家に現われたそうで」

「捕まったんですか？」

「今、その近くに網を張っています。どうやら女と一緒のようですね」

と言って、落合は、そそくさと帰って行った。

10　崩れたエリート

子供たちが目を覚ましたのは、もう暗くなりかけた頃で、ゾロゾロと知子に連れられて帰って行くのを、私は道に出て、手を振って見送った。

相変らず、夫があげたという人形を抱きしめて、亜里は最後まで振り返りながら、手を振っていた。

家へ入ると、何だか急に疲労が押し寄せて来る。居間のソファに坐り込んで、しばらくは動けなかった。

子供たちの叫び声が、まだ居間の中を駆けめぐって、完全には消え去っていないように思えた。——全くにぎやかなものだ。

子供の声というのは、子供のいない私などにはやかましいだけのものでしかないはずだったし、大阪の、郁子《いくこ》さんのところの子供にも、たまに会うだけだったが、それでも閉口させられたものである。

しかし、今日ばかりは、少しもやかましくなかった。むしろ、その騒がしさが、にぎやかな音楽のように響いた。

もちろん、たまに見ているからそうなので、これが毎日となれば、そうはいかないことぐらい、私にも分っている。——毎日？　まさか！　私には、あの知子ほどの奉仕精神も、体力もない。

「でも……」

一人だけなら……。そんなこと、可能だろうか？

私はふっと笑った。——母親って柄じゃないわよ。

私の方を振り向いて、手を振っていた亜里の姿が、瞼《まぶた》に焼きついていた。夫が可愛《かわい》がっていたせいで、よけいに、印象が強いのかもしれない……。

少し、事件のことを考えよう、と思った。

落合刑事が言った通り、夫がなぜ殺されたのかが分れば、犯人の見当もつくというものである。

杉崎か？　しかし、杉崎にしても、そんな研究会一つを潰すぐらいのことで、人を殺したりするだろうか？

杉崎は、私の見たところ、人を殺せるようなタイプとは思えない。杉崎自身が殺されたのは、おそらく、杉崎が何かを知っていたためではないだろうか？

たとえば、夫を殺した犯人を知っていたとも考えられる。

大学で私にあのびんを投げつけたのは、おそらく杉崎だろう。つまり、私の訪問に、それほどあわてたというわけだ。

あんな粗雑な手段を取ること自体、杉崎が冷静な殺人などできるタイプでないことを示している。

では、会社の関係で、誰か動機のある者はいるだろうか？　スト破りをしたからといって、殺されるとは思えない。

何か、それ以外の事情があれば別であるが……。

では、田代は？――私には、この線が一番、可能性があるような気がした。

田代にしても、どちらかといえば杉崎に近いタイプで、あまり度胸があるとも見えないが、借金の返済を迫られて、追い詰められたときにはどうか。却って、何をするか分らない男かもしれない。

田代が夫に金を貸してくれとせびったとしたらどうだろう？　夫に断られて、カッとなって……。

だが、平凡なサラリーマンのところへ、金を借りに来るだろうか？　たとえ借りに来たとして、夫は性格的に、そうにべもなくはねつけるということはしない。

もちろん、ないものは貸せないが、何とか力になろうと相談ぐらいには乗るに違いない。

そういう相手を殺すというのも妙な話だ。

ああ、もうわけが分らない！

「ともかく、あなたがいい人すぎるからいけないのよ」

と私は夫に苦情を言った。「左翼の闘士だったり、孤児たちのサンタクロースだったり……。でも、あなたはやっぱり私の知ってるあなただわ」

夫が一度だけ抱いた相手が、あの山田知子だというのも、いかにも夫らしい好み――といっては、夫が怒るかもしれないが――だし、あの亜里という子を、特に可愛がっていたのも、なるほどね、と思わせる。

あなたは、やはり私の夫だった「あなた」で、まるきり別の人ではないのだ。

それだけに、あなたが唯一、自分の意に反した行動を取った、あのスト破りの一件だけが気にかかる。千田の話がでたらめと分れば気が楽なのだが。

一度、あの平石という同僚の男性と話してみなくてはならない、と思った。

私は、少し外の空気が吸いたくなって、庭へ出た。

もう大分暗くなり、街灯が自動的に点灯している。――子供たちは施設へ帰り着いただろうか？

庭に立って、居間の方を振り返ると、ガラス戸が開いているので、カーテンが微《かす》かに風で動いている。

ふと、夫が殺されていた、あのときのことを思い出した。――この戸は開いていて、カーテンだけが閉っていた。

なぜだろう？　この戸はなぜ開いていたのか。

犯人が逃げたのだとしても、何もここから出ることはない。玄関から出ればいいのだ。こんな所から外へ出ようとすれば、人目につくに決っている。あのときは、まだ明るかったのだ。

――分らない。何でもないことなのかもしれないが、やはり気にかかる。

そして――そう、夫が死に際《ぎわ》に残した、「ゆきこ」という言葉。

あれは誰のことだったのか？　柏木幸子のことかもしれないが、ちょっと納得できないところだ。

もちろん、あの志村という男のことを任せていたほどだから、夫が柏木幸子を信頼していたことは事実だろうが、それぐらいで、死に際に名を呼ぶものかしら？

夫と深い仲でもなかったようだし……。

しかし、死んでしまった人のことは、分らない。死の瞬間に、何が頭をよぎるものか、それをいちいちくよくよと考えていても始まるまい。

さて、今夜も外食ということになりそうである。――主婦としては、いささか怠慢だが、仕方あるまい。今日は何日分もの料理を作った（といってもホットケーキだけど）気分なのだ。

外食というのも、あまり続くと飽きて来る。昨夜は千田との食事で、せっかくの料理も台なしだった。今夜は一つ、自分のお金で、一流レストランにでもくり出そうか。

もっとも、一人じゃおいしくもないが……。

玄関のチャイムが鳴った。誰だろう？

インタホンで訊かずに、玄関へ降りながら、

「どなた？」

と声をかける。

「僕だよ」

あの声は。――私はドアを開けた。

「まあ、どうしたの？」

久保寺が、ちょっと気まりの悪そうな顔で立っていた。

「やあ……」

「私とは口もききたくなかったんじゃないの？」

「そう言うなよ。あのときは、仕事のことで苛々《いらいら》してて……」

久保寺は一つ咳払《せきばら》いをして、「どうだい、夕食でも？　誘いに来たんだ」

「そう」

私は、ちょっと考えて肯《うなず》いた。「いいわ。待ってて」

夕食代節約。――タダで済むのを断ることもあるまい、と思った。

「――本当に悪かった。謝るよ」

と久保寺は言った。

「もういいわよ。みんな自分の身が可愛いわ。当り前よ」

私はワインのグラスをテーブルに置いた。

六本木の、かなり名の知れた店である。店の中に、ギターの生演奏が流れている。中が広いので、いくぶんざわついていた。

「若い人たちが多いのね」

と私は店の中を見回して、言った。「こんな高い店に……。今の若い人たちは、ぜいたくにできてるわ」

「君だって若いよ」

「基準が違うわ」

と私は笑った。「――どうしたの？　今日は車でしょ。飲んでも大丈夫？」

久保寺は、あまりアルコールに強くないので、せいぜいワインをグラスに一杯飲むくらいだ。私の方がよほど強い。

「平気さ。少し強くなったんだぜ」

と、久保寺はぐいとグラスをあけた。

「やめときなさいよ」

強くなったと言うわりには、すぐ顔に出て真赤になっている。特に今日は車で来ているのに。――何だか妙だ。

「どうしたの？」

と訊くと、久保寺は、

「え？　何が？」

と訊き返して来た。

「変よ、少し」

「そうかい？　そんなことないよ」

と久保寺は笑った。

わざとらしい笑い方だった。――ともかく、食事は進んだ。しかし、久保寺は一向に食べない。

いや、食べてはいるのだが、味も何も関係なしという感じで、ただ口へ入れているだけなのだ。心ここにあらず、というところ。

「奥さんにでもばれたの？」

と私は訊いてやった。

「いいや、まだ、大丈夫だよ。分りゃしない」

「この間、刑事さんがあなたのことを言ってたわ。――心配しないで。警察だって、人の家庭をぶちこわすのが仕事じゃないんだから、ちゃんと秘密にしといてくれるわ」

「君、しゃべったの？」

「ちゃんと向うが知ってたわよ」

久保寺は、ちょっと当惑顔で、

「ああ――そう。そうか。それじゃ――」

と、ブツブツ呟《つぶや》いている。

「まだ主人を殺したのが誰か、分ってないけど、私への容疑は、多少薄れて来たようね」

「そりゃ良かったね」

「分んないわよ。誰かが急にここへ来て、『河谷千草《ちぐさ》、殺人容疑で逮捕する！』なんて言って、冷たい手錠が、ガチャン、なんてね」

「よせよ、そんなこと考えるの」

と、久保寺は、ひきつったような笑顔になった。

「失礼」

と、そこへ声がした。「河谷さんですね」

ヒヤリとした。あんまりタイミング良く出て来るから……。

「あら」

「どうも、その節は」

平石である。夫の同僚だった男だ。

「一度お会いしようと思ってましたの。——お食事に?」

「接待ですよ。一流の店でも、さっぱりおいしくありません」

と平石は言った。「昨日、社の方へみえたそうですね。私はずっと外へ出ていたものですから」

「一度、お電話さし上げてよろしいですか？」

「もちろんです。会社には朝の内ならおりますから。十時半頃まで」

「分りました」

「何か手伝えることがありましたら、言って下さい」

「どうも」

平石は、「仕事中」のせいか、告別式に来たときより、大分他人行儀に感じられた。つい、そうなってしまうのだろう。

サラリーマンの哀しさである。

「今のは誰？」

と、久保寺がいやに真剣な顔で訊く。

「主人の会社の人よ。――何よ、そんな怖い顔して。やきもちやくほどの純情青年でもないくせに」

「手厳しいな」

と、久保寺は笑った。

時間がたつにつれて、久保寺はますます落ち着きがなくなって来て、むやみに早口でしゃべりまくったかと思うと急に黙り込み、また突然おかしくもないジョークを聞かせて、自分だけが大声で笑ったりするという具合だった。

そして、やたらにワインを飲んで、すっかり赤くなってしまう。――私は、いい加減白けて来て、

「もう帰りましょう」

と言った。「あなた、酔いすぎよ。タクシーで帰りなさい。私もそうするから」

「いや、だめだよ！　そうはいかない」

久保寺は首を振って、「今日はこのまま帰さない。いいだろう？」

「ホテルにでも行こうっていうの？」

「いいモーテルがあるんだ。車で三十分も乗ればいい。――ね？」

「遅くなるわよ。奥さんに怪しまれない？」

「構やしない。あんな女房、怖くもないや」

酔うと、勢いがいい。

「結構ね。でも、私、酔っ払い運転で警察までお付合いするのはごめんよ」

「そう言うなよ。——しばらくごぶさただったし。そろそろいいだろ?」

私はため息をついた。しつこく絡んで来れば、ますます嫌われることが分らないのだろうか?

「そんな酒くさい人に抱かれるのなんて、ごめんよ。帰るわ」

私は立ち上って、さっさと歩き出した。

「待って——ねえ、待ってくれよ!」

久保寺があわてて追って来る。しかし、あちらは支払いをしなくてはならない。

私はさっさと表に出た。

「あ、そうか」

一人でタクシーでも拾って帰ろうと思っていたのだが、コートを久保寺の車の中へ置いて来てしまった。これじゃ帰るわけに行かない。

仕方なく、立って待っていると、久保寺が走るようにして店を出て来た。

「なんだ。待っててくれたのか」

「コートが車の中よ。出して」

「ねえ、いいじゃないか」

「ともかく今夜はいや。コートを取りに行くから、キーを貸して」

「――僕が開けるよ」

久保寺が肩をすくめて歩き出した。駐車場は店の裏手にある。

歩いて行くと、あまり広くもない駐車場は、いっぱいだった。――ちょうどビルに挟まれて、ちょっと穴の底という感じの場所である。

「開けて」

と私は久保寺の車の前に立って言った。

「分った……」

久保寺が、前のドアを開けて、中へ頭を突っ込んで、後ろのドアのロックを外した。

私は自分でドアを開け、シートの上に投げ出してあったコートを取ろうと手を伸ばした。

突然、私は後ろから突かれてシートの上にのめるように倒れた。後ろから、久保寺がのしかかって来る。

「何を――」

と言いかけて、私は首に久保寺の両手がかかるのを感じた。

「死んでくれ、死んでくれよ――頼むよ」

久保寺の声が耳に入った。首をぐいぐいと絞めつけられて、私は目の前が暗くなって行くように感じた。

まさか、という思いが、私の抵抗を遅らせて、久保寺が本気で私を殺そうとしているのだと分ったときは、もう完全に、彼の体の下になって、身動きが取れなくなっていた。もがこうにも、叫ぼうにも、うつ伏せのまま押しつけられ、首を絞められていてはどうにもならない。——久保寺がなぜ？

息を止められて、胸が今にも破裂しそうなほど苦しくなって来た。——死を考えた。

いや、これで夫の所へ行けると思った、なんてドラマチックなことは考えない。ただ、殺されるのか、いやだな、といった気持である。

「死ね——死ね——死んでくれ」

久保寺は呟き続けていた。その言葉は異様にはっきりと耳に届いて来る。

久保寺は泣いていた。涙声なのだ。

そして——急に手から力が抜けた。

久保寺は、声を上げて泣き始めた。私の上から、急に彼の体重が消えて、私は息をついた。喉《のど》が笛のように鳴った。

狭くなった管に無理に空気を通そうとするように、私は、体を起こして、何度も深呼吸をくり返した。少し咳込んだが、何とか呼吸できそうだと分った。

狭い車内から、ともかく外へ出た。めまいがして、車にもたれる。——首のまわりがヒリヒリと痛んで、そっと指でさすった。

一体何が起ったのか、理解するのに、少々手間取ったとしても仕方あるまい。

要するに、久保寺が私を殺そうとしたのだ。——久保寺は？

見回すと、車と車の間にうずくまって、泣いているようだった。

怒りは感じなかった。後になればともかく、今は、死なずに済んだという感覚の方が強かったし、久保寺にしても、また襲って来るとはとても思えなかった。

私は、車にもたれたまま、久保寺をじっと見ていた。——何分間、そうしていただろうか？

五分か、せいぜい十分ぐらいのものだったろうが、一時間にも思えた。

久保寺が、顔を上げて、私を見た。

「どうして？」

と私は言った。

久保寺は両手で顔を覆った。

「やりたくなかったんだ……本当だ」

呻《うめ》くような声が洩《も》れた。

「私が、あなたとのことをしゃべると思ったのね。奥さんの耳にそれが入るって」

久保寺は黙っていた。——哀れな男だ、と思った。

幹部候補生のエリートが、未来の夢の崩壊を前にして、我を失ったとでもいうことか。

——エリートなんて、空《むな》しいものだ。

やり直す、ということを知らないのだ。

予定された人生を失ったら、総《すべ》ては終りだと思い込む。その恐ろしさに、何でもやってしまおうとするのだ……。

「私を殺せばどうなると思うの？——必ず捕まるわ。そうなれば、それこそ終りじゃないの」

子供にだって分るような、簡単な理屈が、一流大学を出た彼になぜ分らないのか、不思議だった。

しかし、気の弱さが、久保寺を逆に救ったとも言える。結局、私を殺すことはできなかったのだから。

「ごめんよ」

と、久保寺は言った。

まるで、子供のようだ、と思った。この男に、今まで何度も抱かれたとは、自分でも信じられなかった……。

「もういいわよ」

私は、車の床に落ちていたコートを拾い上げた。「タクシーで帰りなさい。車を運転すると危ないし」

「うん……」

久保寺は、素直に肯いた。「――悪かったね、本当に」

「もういいから。二度と会うのはやめましょうね」

久保寺が肯く。私は彼の肩を軽く叩いてやった。

「町で会っても、お互い知らん顔するのよ。私も、誰か他の男と一緒かもしれないわ」

久保寺は、私の目を、やっと見つめた。そして、頼りなげに微笑んだ。

「君はいい人だ……」

「今ごろ分ったの？」

と私は訊いてやった。「さあ、行って。私は、どこかで少し休むわ」

久保寺は、よろけるような足取りで、店の表の方へ歩いて行った。私は、車のドアをロックして閉めると、喉をさすりながら歩き出した。

少し風の強い夜だ。寒くはなかったが、荷物になるので、コートをはおった。

表通りに出ると、もう久保寺の姿は見えなかった。――何となくホッとした。

君はいい人だ、か……。

浮気していて、夫のこともろくに知りもしなかった妻が、どうして「いい人」なのか。

でも、私は、そうやって自分を責めてノイローゼにはならない。夫はいい人だったのだから、私が後を追って死ぬようなことは望んじゃいないはずだ、と考えるのだ。

きっと夫も笑って、いかにも君らしいよ、と言うに違いない。

「――河谷さんの奥さん」

と声をかけられて振り向くと、平石である。

「あら、お仕事は？」

「さっき、お客を送り出したところです。一人になって、一杯やっていたんですよ」

「やっと酔えるというわけですね」

「そんなところです」

と、平石は笑った。「――お連れの方は？」

「気分が悪くなって、先に帰りましたの」

「そうですか」

平石は、ちょっと考えて、「じゃ、もしよろしければ、お話を――」

「今、私もそう申し上げようと思っていましたの」

と私は言った。

「じゃ、どこにしましょうか？」

「どこでも構いませんわ」

と言ってから、駐車場以外ならね、と私は心の中で付け加えた……。

11　サンタクロースの妻

「いや、酒も嫌いな方じゃないけど、こういうときのコーヒーは旨《うま》いです」

と、平石は言った。

実際、仕事の上でのお酒など、一向に酔いもしないだろうし、おいしくもないだろう。レストランで、コーヒーを飲みそこなっていたので、私もゆっくりと熱い苦味を味わった。

あのレストランに近いカフェで、ちょうど通りを見下ろすようになっている。もう大分遅くなっているのに、席の三分の二は埋っていた。

「昨夜、千田社長とお話ししました」

と私は言った。

「そうですか」

と、平石は、ちょっとびっくりした様子になって、

「大丈夫でしたか？」

と訊いた。

「は?」

「いや――つまり――一緒に食事でもされたんですか?」

「ええ。でも、途中で失礼してしまいましたわ」

「それならいいですが……」

平石はちょっと苦笑して、「何しろあの社長、女性に手の早いのでは有名なんです」

「まあ」

「今までにも、会社の女の子が、少なくとも四、五人はそのせいで辞めていますよ」

「そうですか……」

「全く呑気《のんき》だな。昨日はそれどころじゃなかったはずなのに」

と平石は苦々しい顔で言った。

もちろん、平石は、柏木幸子がお金を持ち逃げしたことを言っているのだろう。まさか千田がそれを私にしゃべったとは思っていないのだ。

「社長さんから、主人のこと、話していただきましたけど、私には何だか信じられなくて。――一度、平石さんからもうかがいたいと思っていたんですの」

「そうですか」

平石は肯いた。「ご主人からは何も聞いておられないんですね?」

「一言も。――それこそ寝耳に水ですわ」

「なるほど。いや、僕も彼とは長い付合いでしたから、びっくりしてしまったんです。もちろん、ご主人はああいう人だから、酔ってグチを言い合うということはありませんでしたがね。でも、それなりに、ご主人のことは理解しているつもりでした」

私だってそうだった、と心の中で呟《つぶや》く。でも、私が知っていたのは、夫の、いくつもの顔の中の一つに過ぎなかった……。

「じゃ、事実なんですね、夫が会社側について……」

「ええ。その辺の事情を一応お話ししましょう」

平石の話は、千田のそれと大差なかった。少なくとも、千田も正直に話をしていたらしい。

「――でも、主人がなぜ社長さんの言いなりになったのか、それが分りませんわ」

「そこなんですよ。僕も未《いま》だに信じられないような気持です。河谷君は、そんなことをする奴《やつ》じゃなかった。たとえ、課長の椅子を目の前にぶら下げられたとしても、ですね」

「あの人は、もともと出世したいと思っていませんでしたわ」

と私は言った。

「そうですね。本当に欲のない男だった」

と、平石は微笑んだ。

欲がない。――そう、夫は欲のない人だった。そこそこに働いて、一応ちゃんと食べて行ければ、それで充分という考えだった。

あの志村という若者を助けようとしたのも、孤児たちの学校に毎月プレゼントを持って行ったのも、その意味では夫らしい行為である。

しかし、組合の仲間を裏切ったこと、それだけは、いかにも夫らしくないことだった。

「そのことで、主人と話したことは？」

と私は訊いた。

「何度もね」

と肯いて、「しかし、いつも僕が一方的に彼を責めるだけでしたね。——今思うと、きっと彼も苦しかったんだと思うけど。僕もあのときはカッとしていたから……」

「主人は何も言わなかったんですか」

「ええ。ただ黙っているだけでね……。だから、こっちもますます苛々《いらいら》して。どうにも話になりませんでしたよ」

夫は何を考えていたのだろうか？

夫が好んで仲間を裏切ったのでないことは、私にも確信がある。つまり、千田が、何か夫の弱味を握っていたのだ、と考えても間違いないだろう。

「結局、そのまま、なしくずしにストは終り、千田体制は安泰だったわけですがね」

「平石さんは大丈夫だったんですか？」

「ああ、僕はもう出世なんて、はなから諦《あきら》めてますよ。いつもにらまれる立場ですからねえ」

平石は軽く笑った。

「でも、主人のせいで、何かあったら申し訳ありませんわ」

「もうこれだけたって、クビにもならないから、大丈夫でしょう。むしろ、彼の方が苦しんでいただろう、と思うと、その方が気になります。まあ――自殺ではなかったわけだけれど」

「そうですね。でも、なぜ主人は社長さんの言うなりになったのか……。きっと何か弱味をつかまれていたんだと思うんですけど」

「それは僕も考えました。おそらくそうだったんでしょう。彼にもそう訊いてみたんですが、黙っていました。肯定もしなかったけど、否定もしませんでした」

「その弱味が何だったのかは――」

「分らずじまいです。僕にも見当がつかない。何にしろ、それを種に、彼に裏切りを強《し》いた千田のやり方は卑劣ですよ」

昨日、ワインでも頭からかけてやれば良かったわ、と私は思った。二度と会いたくもないが、もし会ったらそうしてやろう。

「ご主人を殺した犯人は見当がついたんですか？」

と、平石が訊いた。

「いいえ。今のところはまだ……。私も疑われてたんですけど」

「奥さんが？　まさか！」

「あんまり模範的な妻ではなかったもんですから」

「そんなことを言えば、うちの女房もすぐ逮捕だな」

と平石は言った。「――さっき一緒にいた方は？」

「あれですか。かつての恋人ですの」

「じゃ、結婚前にお付合いがあった――」

「いえ、結婚後に、です」

平石は、ちょっとキョトンとして、

「そうですか。いや、正直な方だな、奥さんは」

と笑った。

「それだけが取り柄《とりえ》ですの」

私はそう言って、コーヒーを飲み干した。

翌朝は、九時頃に目が覚めた。

電話が鳴っていて、出ると母からだった。少し父と二人で旅行に出るという。

「よかったら一緒に行かないかい？」

母の心づかいは嬉《うれ》しかったが、近所の風評や、あのいやがらせ電話などで疲れて、しばし逃げ出すのだろうと考えると、却《かえ》ってそれに甘えるわけにはいかない。

「悪いけど、まだ片づけなきゃならない仕事があるの。お二人で、のんびり行ってらっしゃいよ」

「そう？　じゃ、そうするよ。もし暇ができたら後からおいで」

「そうね。そうするわ。——あ、待って。どこに行くかも言ってないじゃないの」

「あ、そうか。だめね、少しボケて来て」

「しっかりしてよ、出戻りの娘がいるんですからね」

私は、母の言う旅館の電話番号をメモした。「——分ったわ。じゃ、気を付けて」

「お前もね」

ゆうべ殺されそうになったなんて話したら、どうなるかしら、などと考えた。

「荷物は？　駅まで送ろうか？」

「大丈夫よ。父さんと二人だもの、大した荷物じゃないからね」

「それじゃ。——気をつけて、行ってらっしゃい」

私は電話を切った。

のんびりしてはいられない。早く犯人を見付けるのだ。

顔を洗って、さっぱりすると、さて、これからどうすればいいかと考えた。

もともと、私は私立探偵でも何でもない。捜査の方法も、順序も、何一つ分らないのである。――なまじ、余計な口を出して、捜査の邪魔をするより、おとなしく、警察の解決を待っている方が利口かもしれない。

だが、それでは私自身、気が済まなかった。どうして、と訊かれれば答えようがないが、自分のことは、自分で決着をつけなくてはならないという気がする。

夫のことが、今になってあれこれと分って来ると、却って、その思いは強まっていた。夫が生きている間に、夫にしてやれたことはあまり多くない。だから、今、何かしてやりたい、と思ったのだ。

といって、私のできることなど限られているが……。

そうだ。田代のことがある。あの借金の件を問い詰めてみようか。――もっとも、一人では少々心細い。知子にでも電話をして、一緒に会ってみてもいい、と思った。

ともかく、田代の会社へ電話してやろうかと思ったのだが、名刺がどこへ行ったのか、見当らない。昨日の「保育園」騒ぎでどこかへ行ってしまったのかもしれない。

あちこち引っくり返していると、玄関のチャイムが、あわただしく鳴った。

私は、インタホンで、

「どなたですか？」

と呼びかけたが、返事はなく、ただしつこくチャイムが鳴るばかりだ。

いささか不安になって、玄関へそっと降り、凸レンズの覗《のぞ》き穴から外を見ると、何だか、いやにやつれた感じの女が立っていて、苛々《いらいら》とチャイムを鳴らしている。一向に見憶えがないのだが……。

私は仕方なくドアを開けた。

女は、ドアが開いて、ちょっとびっくりしたように目をパチクリさせている。

「何かご用ですか?」

と言うと、

「奥さんですね」

と、少し甲高《かんだか》い声で言う。

「ええ」

「主人がひどい目に遭ってるんです! あんたのせいよ!」

と、いきなり私につかみかかって来る。

二日も続けて首を絞められちゃかなわないので、私は、逆に女を突き飛ばしてやった。見かけも頼りないが、ちょっと突いただけなのに、よろけて玄関にペタンと尻もちをついてしまった。

「少し落ち着いてよ」

と私は言ってやった。

女は、ハアハア喘《あえ》いでいる。私は女に手を貸して、立たせてやった。

「あなたは誰？」

「あの――田代といいます」

女は多少穏やかな口調になって、言った。

「ああ、じゃ、田代さんの奥さん？　一体どうしたっていうの？」

「あの――主人が――主人が――」

何だかやたらにハアハアやっているので、今日は少し酸素でも薄いのかしら、とこっちまで気になり出した。

「ともかく、お上りなさいよ」

私は、田代の奥さんにそう言って、居間へと通した。

「すみません。つい、取り乱して」

と、田代の奥さんは大分落ち着いた様子だった。

「ご主人がどうしたんですって？」

「あの……金を返せと迫られて」

「借金を？」

「そうなんです。ひどいんです。あの連中……夜中に叩《たた》き起こしたり、のべつまくなしに電話をかけて来たり……」

「取り立て専門の人たちでしょう」

「それも暴力団か何からしいですわ。——主人、今までにもサラ金なんかの借りが返せなくて困ったことはありましたけど、今度みたいにひどいのは初めてです」

それでやつれているのか。私も、そういう目にあった人の話を、耳にしたことはあるが、ともかく、ノイローゼになって、夜逃げしたくなるほど、しつこく、強硬に取り立てに来ることもあるらしい。

もちろん、借りたのが悪いと言ってしまえばその通りだが、人間なんて弱いものなのだ。つい、今日一日がしのげるとなれば、その後のことも考えずに、高利の金でも借りてしまう……。

「このところ、子供ともども、ほとんど寝ていなくて……」

と、田代の奥さんは、疲れ果てた様子で言った。

「で、今、ご主人は？」

「家にいます。出られないんです」

「どうして？」

「外で、あの男たちが見張ってるんですもの……」

「そう。よく出られたわね」

「ええ。お金をともかく工面《くめん》してくるから、と言って。――でも、夕方までに戻らないと、主人は半殺しの目にあわされます」

グスン、とすすり上げる。

どうにも、こういう惨めな様子には弱いのだ。といって、借りてもいない借金を返すわけにもいかない。

「ご主人は、ここにお金を貸してあるとおっしゃったのね？」

「はい……。そうじゃないんですか？」

「確かに、ご主人は、うちの亡くなった主人の借用証を持ってるわ。でもね、あれは、偽物なの」

私は、あの借用証と印鑑のことを、説明してやった。――相手が食いついてくるかと思ったのだが、意外に平静で、

「そうですか」

と肯く。

「察してたの？」

「ええ。そんなことじゃあないかと思ってましたわ」

と、息をついて、「いつもお金を借りてるあの人が、人に貸すなんて、そんなことありっこないわ」

「私も、あの三百万円、素直にお払いしちゃったら、困っちゃうしね」

「ええ、よく分ります」

と、奥さんは床に目を落とした。「あの人は――自業自得《じごうじとく》ですよ。いつも嘘《うそ》ばかりついていて。女を作っちゃ、金を巻き上げられて、借金し、賭《か》け事をやっちゃ借金し……。不器用で、何もできない人なんです。負けるに決ってる賭け事なんか、よしゃいいのにと思うんですけどねえ……」

「ずいぶん苦労したのね」

「そうですよ。実家の方へも、泣きついて、お金をつくってもらったり……。その都度《つど》二度と女や賭け事には手を出さないと誓うんですけど、またひと月もすると元の通りで……」

「それじゃ、誰も貸してくれなくなるでしょうね」

「それに、私の実家だって、別に金持ってわけじゃなし、お金なんてありませんよ、そんなに」

「お子さんは？」

「一人です。女の子でね。今、八つなんですけど……。あの人、子供だけは可愛《かわい》がるんですよ。それだけが取り柄かしらね」

色々な夫婦があるものだ、と思った。私たちのような夫婦、あの杉崎たちのように、冷え切った夫婦、それにこの田代夫婦のように、おそらくはののしり合いながらも、離れられずにいる夫婦……。

それに——そうだ、夫婦ではないが、柏木幸子と志村一郎のように、追われながら、結びついている男女もいる。

あの二人、どうしたのだろう？　いっそ捕まっていれば、まだ救われるような気もするが……。

「今、子供さんは？」

と私は訊いた。

「家にいます。——本当は連れて出たかったんです。父親が殴られるところなんて、見せたくありませんものね」

と、田代の奥さんは、ひきつったような微笑を見せて、「でも、だめだって……。子供を連れて、どこかへ私が逃げちゃうんじゃないかと思ってんですよ」

「それで一人で……」

「もう行く所もありません。実家へ顔を出したって、お金なんて残っちゃいないに決ってるし、主人の実家はもうとっくになくなってて……。大体、ああいうだらしのない人でしょう。親類からも絶縁されちゃってるんです」

「それはひどいわね。——私が口出しすることじゃないと思うけど、あなた、別れた方がいいと思うわ」

「そうですね」

と、弱々しい口調で、「毎日一度はそう考えるんですけどね。でも、一人になって――いえ、あの子と二人で、どうやって食べて行こうかと思うと……」

「働く所はあるわよ」

「でも、私、何もできませんし、ご覧の通り体もあまり丈夫じゃないんで、とても、自信ありません……」

私は、ちょっと苛々した。確かにこの女も運が悪いには違いないが、運は与えられるだけのものではない。自分で切り開く気力を持たずに、ただ不幸を嘆いているだけでは、どうにもならないのだ。

しばらく、私たちは黙って坐《すわ》っていた。

何とも、やり切れないような、重苦しい沈黙だった。――やがて、田代の奥さんは立ち上った。

「帰ります」

と、頭を下げて、「どうもお騒がせしまして」

「それはいいけど……」

私は、放っておけ、と思いながら、つい訊かずにはいられなかった。「これからどうするの？」

「さあ……」

「子供さんが残ってるんじゃ、帰らないわけにもいかないでしょう」

「ええ。仕方ありません。まさか殺されることもないでしょうし……」

「じゃ、黙って殴られてるつもり？」

「自分のせいですもの、文句も言えませんし……」

「でも、子供はどう？　自分の目の前で父親が殴られているのを見たら――」

私は言葉を切った。こんなことを言っては私の負けだ。

「いいわ、分った。――じゃ、百万だけ、あなたに貸すわ。それで当座は何とかなるでしょう」

「え？」

と、ポカンとした顔で、「でも、そちらから返していただくわけには――」

「もちろん、返すんじゃないわ。借りてもいないお金、返せっこないでしょ。だから貸してあげるのよ。いつでも、出来たときに返してくれればいいわ」

「そうしていただければ、助かります。必ずお返ししますから」

「やめて、そんなに――ほら、頭を上げてちょうだい」

私は立ち上って、「お金はおろして来ないと、ここにはないわ。一緒に銀行まで行きましょう。仕度をしてくるから待っててね」

私は、自分に腹を立てながら、手早く着替えをした。――結局、あの女、最初から泣き落として金を借りるつもりだったのではないか。

疑いたくはないが、ああいう亭主を持っていては、妻の方だって、金の借り方がうまくなるのではないか。

もちろん、百万円、捨てるようなものだと思わなくてはならない。お金があり余っているときの百万じゃないのだ。

「馬鹿ね、あんたも」

と、私は鏡の中の自分に、そっと声をかけた。

一体、いつからそう、人が良くなっちゃったの?――もしかしたら、夫の「サンタクロース伝説」に感化されてしまったのかしら。

「サンタクロースにも、浮気性の奥さんがいたのかな」

と、私は呟いて、預金通帳と印鑑を取り出した。

ちょうど、お昼休みの時間のせいか、銀行は近くの会社のOLなどで、混み合っていた。田代の奥さんを表に待たせて、中で引き出しの手続きを取った。

十分近く待って、やっと名前を呼ばれる。

「百万円でございますね」

当りの柔らかい、若い男性が窓口に坐っている。「何かにお使いでございますか」

使うからおろすのよ、と言ってやりたかったが、そこは、ちょっと笑顔を見せて、

「身代金を払うのよ」

と、言った。

目をパチクリさせている銀行員を後に、さっさと外へ出る。

田代の奥さんが、わきの方で小さくなって坐っていた。

「さあ、これ」

と、封筒のまま、彼女のバッグへ入れてやって、「気を付けて帰ってね」

「本当にすみません」

と何度も頭を下げる。

「そうだわ」

と私は言った。「その主人の借用証のことで、一度ご主人と話したかったの。今日、お宅へ伺うわ」

「はあ。それはもう……」

「今すぐじゃ、そちらも困るでしょうから、そうね……三時頃。構わない？」

「ええ、お待ちしています」

「場所を教えてくれる？」

田代の奥さんが、ちょうど銀行でくれたメモ用紙に、地図を書いた。

「――じゃ、三時頃にね」

と、私は念を押した。

田代の奥さんは、そそくさと、駅の方へ歩いて行く。

これで田代の方も、白状しないわけに行かなくなるだろう、と思った。そうなれば、あの百万円も、多少は役に立つことになる。

もっとも、白状して、どうということがないと分ったらがっかりだけれど。それにしても、あの印鑑の件だけは、はっきりさせておきたい。

駅前に立って、朝から何も食べていなかったことに気が付いた。――せっかくここまで来たのだ。どこかで食事をして、少し時間を潰《つぶ》し、それから田代の所へ行こう、と思っているると、誰かがポンと肩を叩いた。驚いて振り向くと、

「今からお宅へ伺おうかと思っていたんですよ」

落合刑事の顔があった。

12　もう一人の女

「いやはや、にぎやかですね」

落合刑事は、ソバをすすりながら、言った。

にぎやかなはずで、スーパーの食堂なのである。客のほとんどは、赤ん坊や小さな子供を連れた奥さんたちだ。

大きな声を出さないと話も聞こえないほどだった。

「捕まりましたの？」

と私は訊《き》いた。

「え？」

「あの志村とかいう、若い人ですわ。捕まったんですか？」

「ああ、そのことですか。いや、残念ながら、逃がしたようです」

「あら、そうでしたの」

「というか、まだ見付けていないと言った方が正確でしょう。時間の問題ですよ」

「じゃ、見当はついているんですね」

「いくつか、立ち回りそうな所は分っています。——あなたの所も含めて」

私は、はしを持つ手を止めて、落合を見た。

「一緒に逃げている女は、柏木幸子といいましてね。ご主人と同じ会社に勤めるＯＬでした。会社へ行って、色々訊いてみると、会社の金を持ち逃げしているのが分ったんです」

落合は首を振って、「そういう事件を、どうして早く届けてくれないのか、全く困ったものですよ」

「何か主人と関りが？」

「あるはずです。——志村はご主人の後輩で、ご主人ともしばしば会っていたんです。そして、柏木幸子は、ご主人の信用している部下だった……」

「その二人が——」

「ご主人を通して知り合った、と見るのが自然でしょうね。そして愛し合うようになった。——志村が追われる立場になって、女の方も行動を共にする決心をした。逃亡生活には金がいる。そこで会社の金を横領した、というわけです」

「その女の人なら、きっと、主人の会社へ行ったときに会った人ですわ。とても真面目《まじめ》そうな人でしたけど」

「男のために身を誤るのは、たいていそういうタイプの女性です」

と、落合は言った。

「それで私の所に来るかもしれない、と思われたんですね」

「あなたはその二人に関係があるわけですからね」

「主人が、ですわ。私は、主人のお付合いの相手というのを、ほとんど知らないんですもの」

「ご主人に恋人がいたとでも？」

「いいえ！　そういう意味じゃありません。広い意味での知り合いですわ」

「なるほど」

落合は、しばらく黙々と食べていたが、元来、太りすぎを気にする主婦向けのランチである。あまり量は多くない。

すぐに食べ終って、何となく足らなげな顔をしている。私はおかしくて笑い出しそうになっていた。

「すみません、もう少し食べないと――」

「どうぞ、ご遠慮なく」

落合は、今度は天丼を頼んだ。

「いや、暑いですね、ここは」

と照れたように、額を拭《ぬぐ》う。

「ちょっと明りが強いんですわ」

と私は上を向いた。

「その傷は?」

「え?」

「首の周りの。どうしたんです?」

落合は真剣な表情で訊いた。「誰かに絞められましたね。見れば分りますよ」

とても否定しても通りそうにない。

「ええ、実は……」

「話して下さい」

私は、昨夜の久保寺との一件を話してやった。

「――でも、本気で殺すつもりはなかったんですわ。気の弱い人なんですもの」

「その傷は、しかし、かなり本気で絞めていますよ」

落合は心配そうに顎《あご》を撫《な》でて、「いいんですか、放っておいて? たぶん、傷害罪ぐらいでなら――」

「お願いですから、そっとしておいて下さいな」

と私は言った。「もう二度とやりませんわ、あの人」

「まあ、あなたがそうおっしゃるなら……」

と、落合は渋々言って、「――気が優しいんですね、あなたは」

「それは皮肉ですの？」

「いや、真面目に言ってるんです。昨日の子供たちの相手をしているところを見たり、今のあなたの様子を見ていると――」

「とても夫を殺した女に見えない、でしょ？　でも、殺人犯だから、他の人間には優しいってことだってありますわ」

「考えていますよ」

落合は苦笑して、「そうやって、我々を翻弄するんですからね」

「今度は悪女ですの？　忙しいわ、私も」

「ともかく、魅力のある方だということは確かです。警察官らしからぬ意見かもしれませんがね」

「そんなこと、主人からも言われたこと、ありません」

「しかし、ご主人もいい方だったんでしょう？」

「少々良すぎて閉口でしたけど」

「難しいもんですね」

落合という刑事に、私は親しみを覚え始めていた。もちろん、刑事なのだから、私を容疑者として見ているのかもしれない。

しかし、それだけでない、暖かさを、その言葉の中に感じ取ることができた。

「——これからどうなさるんですか？」

と、落合が訊いた。

「ちょっと訪ねる所がありますの」

「そうですか。もし、志村と柏木幸子から連絡があったら、ぜひ知らせて下さい」

「分りました」

私たちは食堂を出て、別れた。まだ田代の所へ向うには早い。

田代のことを、よほど落合に話そうかと思ったのだが、結局、言葉が出て来なかった。決して、落合を信用していないわけではなかったが、何といっても、警察という組織の中の人間なのである。自由に行動できるわけではない。

私は、一旦、デパートへ足を運んで、三十分ばかり、特売場を眺めて歩いた。

これが、女にとっては、一番のレクリエーションなのである。日用品の買物はつまらなくて、こういう、必要でもない品物の買物はどうして楽しいのだろう？

すぐに時間は過ぎて、私は地図を見て、田代の家へと向った。多すぎて持て余しているくらいの、ネッカチーフを三枚、買い込んでいた。

地図というものは、あの五万分の一とか、そういうものならともかく、本人が書いたものはあまりあてにならない。

だって、あなたも、今すぐに近所の地図を書けと言われたら、しばし考え込んでしまうだろう。——それは、つい無意識に、あまり通らない道などを、書き落としてしまうからだ。

田代の妻も、あまりその点、几帳面《きちょうめん》とはいえず、おかげで、散々捜し回ってしまった。何本目の道、何番目の角、というのが、みんないい加減なのだ。おまけに八百屋が道の反対側に書いてあったり。

やっと見付けたのは、まあ、何とも可愛い、というより狭い、ミニ開発の建売住宅で、同じような造りの家が、四軒固まっている。きっともとは一戸の家の土地だったのに違いない。

〈田代〉という表札。——私はチャイムを鳴らした。
二、三度鳴らしたが、返事はない。おかしい。そう時間を過ぎているわけでもないのに……。
背後に足音がしたので、あ、帰って来たのかと振り向くと、何だかちょっと怖そうな黒メガネの男である。

「ここに用かい？」

その声たるや、ボーイソプラノで、私は吹き出したくなるのをこらえた。

「ええ。——あなたは？」

「留守だよ」

「どこへ行かれたか……」

「知らねえよ」

「そうですか」

しかし、ここで、それではと引きさがるのもつまらない。「——待っててくれ、と奥さんと約束してあったんですよ」

「田代の女房と？　そいつは諦《あきら》めな」

と男が笑いながら言った。

「どうしてですか？」

「亭主を捨てて、出てっちまったのさ」

「まあ。——でもさっきは——」

「会ったのかい？」

「ええ。少しお金を貸してあげて、家へ急いで帰るからって……」

「じゃ、その金持って、ずらかっちまったのさ」

「まさか！　子供さんがここにいるから、って言ってましたよ」

「ガキが？　今朝、連れて出たぜ」

「本当ですか？」

「昼までに三百万工面《くめん》して来い、と言ってやったが、まるで戻って来ねえ。電話が一本かかって来たよ」

「で、彼女何と？」

「そんな亭主、もう愛想がつきたから、好きなようにしてくれ、と言ったぜ」

私は言葉もなかった。子供の前で殴られるのだけは……とかお涙ちょうだいの芝居をして……全く！

こっちが甘い、と言われりゃそれまでだが……。

「いくら貸したんだよ？」

「少々です」

「返っちゃこねえな、そりゃ」

「それはいいんですけど……。じゃ、ご主人の方は？」

「いないぜ」

「まさか、あの――病院にでも」

「よせやい」

と、男は顔をしかめた。「こちとら、ギャングと違うで。あのな、ちょっと痛い目にあわせるだけだ」

「同じようなもんじゃありませんか」

「そう言われりゃそうだけどな」

何だか、スローテンポなお兄さんで、調子が狂ってしまう。

「で、今、どこに？」

「女と二人で、逃げちまったよ」

「女と？」

「ああ。女房に愛想づかしされて、青くなってるとこへ、女が一人来てな、奴が泣きついたら、三百万、ポンと出しやがった」

「それは——誰です？」

「知るもんかい。こっちは金がありゃいいんだ。だから放免してやったのさ」

女が？　三百万をポンと出した。——一体誰なのだろう？　田代の愛人、というわけか……。

「それじゃ、もう済んだんでしょ。あなたはここで何をしてるんですか？」

「俺《おれ》かい？　忘れてたんだよ。大阪時代の借金、返してもらうのをな」

「大阪時代？」

「ああ。田代の奴が大阪にいたとき、飲み代、立て替えて、八千円貸したまままなんでな」

ずいぶんケチくさい話である。しかし、田代が大阪にいたというのは、初耳だ。

「田代さん、大阪にいたのは、いつ頃ですか？」

「奴か？　ええと——かれこれ一年半くらい前かな」

「一年半……」

「あいつ、年中職をかえてるから、あまり一つ所に長くは居ないんだ。だから平気で借金を踏み倒すのさ」

「大阪の前は？」

「知らねえな。——お前、田代に何の用なんや？」

「いえ——別に」

「まさか、奴の女と違うんだろうな」

「違いますよ！」

とにらんでやった。

「あんな、しょうもない男に、ついて来る女の気が知れんな。その三百万出した女も、どう見ても、まともなかみさんだったぜ」

「そうですか」

何だか、いやなモヤモヤが、胸の中で渦巻いていた。

「じゃ、どうも」

と、会釈《えしゃく》して帰りかけると、

「なあ、田代に貸した八千円、払ってくれないか」

と勝手なことを言い出す。

振り向いて、にらみつけてやったら、ヒョイとそっぽを向いてしまった。

これで、結構私のひとにらみも、迫力があるのかもしれない。

それにしても――と、私は帰宅の途中、考えていた。田代に三百万もの金を持って来た女というのは何者だろう？

そんな愛人がいたのなら、なぜ田代は最初から、その女に頼って行かず、あんな偽の借用証などこしらえたのか？

あの田代の妻。――うまいこと百万せしめて、今ごろは、どこかへ預けておいた子供と二人、どこかへ発っていることだろう。結構、他の男と一緒かもしれない。

結局、田代から話も聞けないのでは、百万円、捨てたも同じことだ。

不思議なことに、それ自体は、あまり腹も立たなかった。今の私には、もっと気になることがあったのだ……。


何だか、今日は一日かかって、百万円もむだにしただけだったみたい。

そう思うと、何かそのまま家へ帰るのも……という気がして、私は、デパートに寄ると、可愛い絵のついたハンカチをどっさり買い込んだ。――百枚！

もちろん、百万円はしないが、店員が目を丸くしていた。

私は、あの施設へと足を向けた。

そろそろ夕方だったが、まだ日が射《さ》している庭に、子供たちが遊び回っている。私は金網越しに、子供たちの様子を眺めていた。

実に、色々な子がいる。――もう、幼いころから、個性というものが、ちゃんと芽生えているのである。

グループで遊べば、いつの間にかリーダーになっている子がいる。そういう団体（？）にはついて行けないけど、私は私よ、という様子で、一人、砂山に住宅を建てている子もいる。

駆け回っている子、じっとしている子、退屈そうな子。――でも、どの子も、それを楽しんでいる。

子供って、何ていいものなんだろう、と……今まで、考えたこともない、感慨が、私を圧倒した。

子供にとって、この世界は大きな遊園地なのだ。でも、大人はその子供の夢を裏切って、遊園地を取り壊し、戦場にしてしまう……。

大人たちの方が、小さくなって、子供をのびのびとさせてやらなくてはいけないのに、逆に、子供を、狭い金網の囲いの中へ、追いやっているのだ。

でも、そんな所で、子供は精一杯の、エネルギーを発散している。その様子を眺めていて、私は飽きることがなかった。

夫と暮していて、私は、子供が欲しいと本気で思ったことはなかった。いない方が自由でいい、くらいに思っていたのである。

今、夫がいてくれたら。時間を逆戻りさせることができたら、私は子供を生みたいとせがんだだろう……。

「――おばちゃんだ」

亜里が、私を見付けて、走って来る。

「こんにちは！」

と手を振ってやる。

亜里は、走って来て、途中で、何につまずいたのか、前のめりに転んでしまった。私は、思わず叫び声を上げた。

「大丈夫？――立てる？」

と金網をつかんで、できることなら、よじ登りたい、と思った。

が、亜里は立ち上ると、ニッコリ笑って、

「平気だよ」

と言った。

私はホッと胸を撫でおろした。亜里の方がよほど度胸がある。

「でも、膝《ひざ》をすりむいて――まあ！　血が出てるじゃないの。痛くない？　バイ菌が入ったら大変よ」

「いつも転んでるもん。後で水で洗うよ」

と、平気なものだ。

「気を付けてね。今、中に行くわ」

「うん！」

と、亜里が建物の中へ走って行く。

「走らないで！　転ぶわよ！」

と、つい私は叫んでいた……。

「――子供が転ぶのにいちいち心配してたら、きりがありませんよ」

と、山田知子が笑って、言った。

「本当ね」

私は建物の窓から、遊んでいる子供たちを見ながら言った。

「どうしても転びやすいんです、靴のせいでね」

「靴のせい？」

「ゴムの底が減っちゃって、平らになってるんですよ。だから滑るんです」

「まあ」

「買い替えようにも、予算が少ないから。――来月には何とか、と思ってるんですけど」

私は、可愛いハンカチなんか百枚も買い込んで来た自分が、馬鹿のように思えて来た。ハンカチは手を拭《ふ》ければいい。もっと必要なものがあるのだ。

「今度、みんなの靴のサイズを書き出してちょうだい」

と、私は言った。

「え？」

「買って来るわ、みんなに」

「そんな……。無理しないで下さい」

「いいのよ」

「でも、お話によると、今日は百万円も損なさったんでしょ？」

「あれは別口。——主人が生きてれば、毎月、何か贈ってたわけでしょ。私が、それを継ぐわ」

と私は言った。「主人には、大したこともしてあげなかったもの……」

知子は、少し間を置いて、言った。

「ご主人を愛してらしたんですね」

私は、そんなことを、考えたこともなかった。夫婦になると、なぜ男と女は、愛しているとかいないとか、考えなくなるのだろう？

「そうは言えないわ」

と私は言った。「主人が生きていた間はね。——でも、今になって、やっと主人のことを愛したいという気持になって来たのよ。救いようがないわね」

「そんなこと！　やっぱり、ずっとご主人を愛しておられたんですよ。浮気していても」

「一言多いぞ」

と、私は笑って言った。

「ごめんなさい」

知子はペロリと舌を出した。

「ともかく、このハンカチ。うちに置いても仕方ないから、置いて行くわね」

「きっと、みんな大喜びだわ！——まあ、可愛い！　私がもらいたいくらい」

私は、何となく知子のことを、他人とは思えなかった。——妙な話だ。主人の浮気相手に、親愛の情を覚えるというのも。

しかし、事実そうなのだから仕方ない。

「でも、田代と一緒の女って誰なんでしょうね？」

と、知子が言った。「それにその奥さんも、いい気なもんだわ」

「でも子供を置いていかなかっただけ、ましだと思ったわ」

「そういう基準で言えば、そうでしょうけど」

「子供連れて、夫の所から逃げるんだったら、お金は必要でしょうからね。腹は立つけど、一概に責められないような気もするのよ」

「――これから、どうなるんですか、事件の方は」

「さあ……。ともかく、早く解決してほしいわ。もちろん、私もできるだけのことはやるつもりだけど」

「危ないことはやめて下さいね。――心配なんです」

「どうして？」

「どうして、って言われても……」

と、知子はためらった。「奥さんのことが好きなんですもの」

私は、ふっと胸が熱くなった。

「どうもありがとう……」

外は暗くなり始めていた。――子供たちが、駆けて来る。亜里が真っ先に、こっちへ向ってやって来た。


子供たちと時を過して、家の近くまで帰りついたのは、もう八時近くだった。

私の中に、ちょっとした夢が、形を成しつつあった。もちろん、うまく行くものかどうか、分りはしなかったが。

玄関の前に、誰かが立っていて、ギクリとした。大体こういうときは、ろくなことがないのだ。

「どなた?」

と、私は少し手前から声をかけた。

「千草さん?」

聞いたことのある男の声。こっちへ出て来ると、

「どうも……」

と、会釈する。

「木戸さん! まあ突然――」

郁子さんのご主人である。いかにも実直そうなサラリーマンだ。

「すみません、急にやって来て」

「いいえ! ずいぶん待ったでしょう?」

私は急いで鍵《かぎ》を開けて、木戸を中へ通した。

居間へ上ると、木戸は、少しおずおずとした様子で、ソファに坐《すわ》った。

「東京へは、ご出張?」

と、私は訊いた。

「いいえ。そうじゃないんです。会社の方はちょっと休みを取って来て」

「あら」

と私は言った。「じゃ、郁子さんたちもご一緒？」

「いえ、一人です」

私は、坐り直した。まさか、という思いがふくれ上って来た。

「話して下さいな」

「ええ……」

木戸は、ためらってから、思い切ったように言った。「実は、郁子が、家を出てしまったんです」


今日、あの黒メガネの男の話を聞いてから、田代のところへやって来た女が、郁子さんではないかとは、薄々考えていたのである。田代が大阪にいた、ということ。そして、田代が夫の「学生時代の友人」だと言ったのが、郁子さんだったこと——何もそれらしい証拠はない——もある。

そして、何よりも、あの印鑑を使うことができたのは、夫が死んで、あれこれと手伝ってくれた郁子さんぐらいだということだった。

しかし、まさか郁子さんが、そんなことをするとは、考えてもみなかったのだ。

「一体どうして……」

と私は、しばらくしてから、言った。

「男がいたんです」

と、木戸は言った。

「どんな男ですか?」

「妻子持ちの、田代という男です」

やはりそうか。

「その男と?」

「実は、もう二年以上前に、その男がうちにセールスに来て、いつの間にか郁子とそういう仲になっていたらしいんです」

「それがいつ分ったんですか?」

「割合とすぐでした。——郁子も隠し事の下手な女ですから」

「で、どうなさったの?」

木戸はちょっと肩をすくめて、

「これぱっかりは……。却《かえ》って、あれこれ言うと、田代の方へ走るかもしれないと思って黙っていました。その間に、田代のことも色々調べました。——年中居所を変えて、女ともすぐ切れているんです」

「それで大丈夫だと思ったんですか?」

「実際、一年以上前ですが、田代は大阪を離れたんです。ホッとしました。郁子も、もとの通りになって」

私は少々呆《あき》れた。――人がいい、というのとは、ちょっと違うんじゃないか。

「木戸さん……でも、怒らなかったんですか？」

「もちろん面白くはありませんでしたけど……」

それだけ？――私は言葉もなかった。

「ところが、今朝、家を出てから、会社へ行く途中で財布を落としてしまいましてね」

と木戸は続けた。「会社から電話したんです。そしたらご近所の人が出て、郁子が、ちょっと旅行に出るから、と言って、一人で出てしまったと言うんで、びっくりして」

「何か、置手紙のようなものは？」

「ええ。寝室にありました。走り書きで、〈他の男と一緒に暮します〉とあるだけで……。でも、きっと、あの田代のところに違いないんです」

「それで追って来られたんですね」

「まあ、そんなところです」

と、木戸は、のんびり言った。

女房をとられて、嫉妬《しっと》に狂うというのも、あまりみっともいいものじゃないかもしれないけれど、こんな風に落ち着いているというのも妙なものだ。

「で、これからどうなさるの？」

「今夜はすみませんが泊めてもらえませんか？」

「いいですよ。でも――」

「田代の家は、ちゃんと分ってるんです。明日でも行って、ゆっくり話し合って来ようと思ってます」

「はあ」

ゆっくり話し合って？――一体この人は、奥さんが逃げ出したことを、どう思っているのかしら、と思った。

「ねえ、木戸さん」

と私は言った。「子供さんたちは？」

「ええ、近所の親しい奥さんが預かって下さってるんで」

「それはいいけど……。奥さんをともかく連れ戻さなきゃ仕方ないでしょう」

「ええ。ですが、こういうことは、無理にやっても……。一応話し合いをしようと思って」

これじゃ、郁子さんが戻るわけはない、と思った。郁子さんに戻ってほしいのなら、今夜これからだって――そんなに遅い時間じゃないのだ――田代の家へ駆けつければいいのだ。

もちろん、そこにはもう誰もいないが。

「――それに、郁子、金を引き出して行ってるんです」

と、木戸が言った。

「貯金を？」

「ええ。三百万です。きっと田代とどこかへ逃げる気なんでしょう」

「じゃ、それこそ大変じゃありませんか？　今からでも行ってみれば？」

「いや、もう暗いですからね」

と、木戸は腕時計を見て言った。「住所は分るけど、捜して行くのは大変だ。明日にしますよ」

私は何を言う気も失せた。

「じゃ、お風呂でも沸かしますわ」

「すみませんね」

木戸は、ネクタイを外して、新聞を見始めた。――郁子さんが、他の男に走るのも、分るような気がした。

もっとも、夫だって私の浮気を、薄々気付いていたのだろうが、何も言わなかった。しかし私が家を出たりすれば、決してこんな風に呑気《のんき》にはしていなかっただろう。

いいや、私が家を出はしないことを、知っていたのだと思う。

――まだ実感がなかった。

郁子さんが、家を出て、子供まで捨てて……。何だか、そんなことは、TVの中でしか起こらない、と思っていたのに……。

お風呂にお湯を入れて、居間に戻って来ると、電話が鳴り出していた。

「はい河谷です」

しばらくは、何も聞こえなかった。「もしもし?」

息づかいのようなもの。

「どなた?」

「あの……」

と、震える声が、伝わって来た。「柏木幸子です」

「幸子さん。――どうしたの?　どこにいるの?」

と、私は訊いた。

すすり泣く声が、低く、流れて来る。

13 清 算

「いらっしゃいませ」

駅の切符売場みたいに、小さく窓の開いたフロント。——私は近寄って、

「待ち合せです」

と言った。

「お部屋は？」

「分ってますから」

と、歩き出す。

この手のラブホテルは、私もよく利用したから、勝手は分っている。

三〇一号室。——階段を上って、すぐ目の前だった。

ドアを叩《たた》いて、しばらく待っていると、

「はい……」

と、か細い声がした。

「私、河谷よ」

ドアが開いた。柏木幸子が、

「どうもすみません」

と、囁《ささや》くように言った。

まるで、別人のように、青ざめて、頰《ほお》が落ちている。

「大丈夫?」

「ええ……」

私は中に入った。——ありふれた、この手のホテルらしい部屋である。

「あまり眠っていないんじゃない?」

と私は訊いた。

「ええ、ほとんど……。ちょっとした物音でびくっとして、飛び起きたりして」

幸子は、椅子《いす》にぐったりと坐ると、安心したせいか、声も上げずに泣き出した。

私は、しばらくそのまま放っておいた。人間、泣き過ぎて死ぬということはない。

むしろ、涙がストレスの解消になることもあるのだ。——三十分近くも泣いていただろうか。

「気が休まりましたわ」

と、言って、幸子は微笑《ほほえ》んだ。

「良かったわ。——ねえ、彼はどうしたの?」

「彼ですか」

幸子は、ちょっと目を伏せて、

「行っちゃいました」

と言った。

「そう」

「私、お金を、ほとんどそのまま持ってるんです」

「会社へ返す？」

「そのつもりです」

「もう警察は知ってるわよ」

「構いません。何もかも、すっきりしたいんです」

「それがいいわ」

幸子は、涙を拭《ぬぐ》って、

「ご迷惑かけてすみません」

と言った。

「いいのよ。——どうする？　警察へ行くのなら、ついて行ってあげるわ」

「お願いします。ただ……」

「なあに？」

「少し眠りたいんです。警察に行けば、あれこれあるでしょう?」

「いいわよ。じゃ、朝になったら、ついて行ってあげる」

「ここにいてもらえますか?」

「ええ、いいわよ」

「嬉《うれ》しいわ……」

と、幸子が言った。「眠れるんですもの」

「せっかく大きなベッドがあるんだもの、そこで寝たら?」

「そうですね」

「どんなに寝相が悪くても、落っこちないわよ」

幸子は、ちょっと笑って、ベッドの上に横になった。

「起こして下さいね……」

「ええ。心配しないで」

「奥さんもおやすみにならないと」

「いいのよ。私は適当にやるから」

「すみません……」

「眠ってちょうだい。——ゆっくりね」

私が見ている内に、幸子は寝入ってしまった。よほど疲れ切っていたのだろう。

あの男から解放されて、ホッとしているのに違いない。――恋だって一種の拘束には違いないのだから。

私は一向に眠る気にはなれなかった。

今日は色々なことがあり過ぎて、少々混乱している。――家をあけることができて、正直、ホッとしていた。

あの、木戸と一緒では気詰りでならない。こうしている方が、気楽というものである。

鞄《かばん》が目に入った。テーブルの上に置いて開いてみると、札束が、無造作に詰め込んである。

ちょっと、妙だな、と思った。あの、志村が、よくお金をそっくり置いて行ったものだ。少しぐらいはくすねて行ったのだろうか？

数えてみる気もしないので、そのまま、鞄を閉じ、元の通り、床に置いた。まだ朝までは大分時間がある。

奥にバスルームのドアがあった。――水がドアの下から流れ出して、絨毯《じゅうたん》にしみ込んでいる。

「出しっ放しじゃないのかしら」

私は歩いて行って、バスルームのドアを開けた。

今日の仕上げには、ふさわしいクライマックスだった。

浴槽に体を半分ねじ込むようにして、志村が死んでいた。裸で、腹から、血がタイルの床へと広がっている。

ドアの下から流れ出していたのは、血だったのである。

ナイフが、落ちていた。——刃には血がついている。

志村は、何やら不平を言いたそうな、いつもの顔で死んでいた。

私は、バスルームを出て、ドアを閉めると、少しめまいがして、よろけた。——しかし、そう激しいショックは受けていなかった。

おそらく、多少はこれを予想していたのだろう。ここへ来たときから。

幸子は、ぐっすりと眠っていた。その寝顔は平和そのものだった。

電話に手をのばしかけて、思い直した。もう少し、眠らせてやりたかった……。


「隠してましたね」

と、落合刑事が言った。

「ええ」

「困った人だ」

と、落合は首を振った。「怒れないから、余計に困る」

幸子が、刑事に伴われて、パトカーへ乗り込もうとしている。ふと足を止めて、私の方を見た。

「お世話になりました」

と、静かに言った。

「いいのよ」

と私は言った。

午前三時である。三十分ほど前に、幸子は目を覚ましたのだった。

落合と私は、ホテルの前で、走り去るパトカーを見送った。

「ゆっくり事情を伺うことになりますよ」

「どうぞ。こちらも、何もかもお話ししますから。——署まで同行願います、ってやらないんですか?」

「一杯コーヒーが飲みたいですよ、こっちはあまり眠ってないので」

と落合は言って、ホテルの方を振り向いた。「まだしばらくはかかるでしょうから」

私と落合は、ホテルのすぐ向い側にある、二十四時間営業の喫茶店に入って、コーヒーを飲んだ。

私は、田代のことも含めて、何もかも落合に打ちあけた。

「——よく分りました」

と落合は肯《うなず》いて、「よく話す気になりましたね」

「志村が殺されたでしょう。私がすぐにあの二人のことを連絡しておけば、柏木さんも、志村を殺さずに済んだかもしれない、と思って……」

「それは何とも言えませんね。あなたは二人の居場所を知っていたわけじゃないんですから」

「そう言っていただけると、気が少し楽になります」

と、私は微笑《ほほえ》んだ。

「それに、柏木幸子は、杉崎を殺しているんですよ」

私は、一瞬、まじまじと落合を見つめていた。

「――本当ですか」

「彼女が浮かび上ってから、例の、杉崎の隣の家の人に彼女の写真を見せました。顔は分らないが、感じがよく似ているということでした」

「でも、それだけでは――」

「柏木幸子は、その前にも、杉崎に会いに来ています。おそらく、志村の容疑を解いてやりたかったのでしょうね。しかし、杉崎は、承知するはずがありません」

「それで争いにでも――」

「何があったのかは、分りません。しかし、杉崎を殺したのが柏木幸子だということは、まず間違いないと思いますがね」

「じゃ、あの人は二人も――」

「情状は考慮されると思いますよ。愛している男を殺すしか、自分を取り戻す道はなかったんでしょう」

「気の毒に」

「全くです。――金の横領はあるし、そう軽くは済まないでしょうがね」

私は、コーヒーカップで、手を暖めた。寒いわけでもないのに、凍えているような気がしたのである……。

「田代という男は、早速洗ってみましょう」

と、落合は手帳にメモをした。「ご主人の件にも関りがありそうだ」

「どこへ行ったのか、見当もつきませんけど」

「何とか捜せば見付かるものですよ」

と落合は言った。「――しかし、あなたのご主人も、本当にいい方だったんですね」

「そうですわ、本当に。生きている内に分れば良かったんですけど……」

と私は言った。


警察で話を聞かれ、色々と署名をしたりして、終ったのは、もう朝の九時過ぎだった。

落合刑事が、ずっとついていてくれたので、とても楽だった。

実際、そうでなかったら、疲れ切ってしまっただろう、と思う。何しろ、私は志村と柏木幸子を、一度は逃がしているのだから。

「——疲れたでしょう」

と、落合が言った。

「いえ、大丈夫です。何だか興奮してるんですね。眠くならないんですもの」

「じゃ、一つ、ご主人のおられた会社へ行きますが、一緒にいかがです」

「会社へ？」

「金のことでね。色々と面倒なんですよ、こういうことも。はい、どうぞと返すわけにいかないので」

「そんなものなんですか」

「警察もお役所ですからな」

と言って、落合は微笑んだ。

「じゃ、ぜひ一緒に行かせて下さい。千田社長に訊きたいことがあるんです」

と私は言った。

会社に着いて、落合が受付に話をする間、私は、少し退《さ》がって待っていた。

誰かが向うからやって来る。平石だ。

「平石さん」

と声をかけたが、平石は足早に私のわきをすり抜けて行ってしまった。

何だか妙だった。——聞こえたはずなのになぜ避けて行ってしまったのだろう?

「奥さん、行きましょう」

と、落合に促されて、私は我に返った。

さすがに刑事ともなると、すぐに社長室へ通される。

千田が、立ち上って迎えた。私を見て、ちょっと意外そうな顔になったが、何も言わずに、ソファをすすめた。

「——どうもこの度はお手数をかけました」

と、千田は丁重に言った。「おかげさまで金が無事に戻ったようで」

「すぐにお返ししたいのですが、色々と、厄介な手続きがありましてね。ご了解いただきたいのですが」

「それはもう。返していただければ」

「一応、この書類を提出していただきたいのです」

落合があれこれと詳しく話している間、私は、じっと千田を見つめていた。いかにも商売人の顔——世界の終りの時が来ても、これで何か金儲《かねもう》けができないか、と考える男である。

ドアがノックされ、入って来たのは、平石だった。私を見て、ちょっと会釈《えしゃく》した。

「社長、ちょっとお話が――」

と千田に声をかける。

「待っていられないのか。お客様だ」

「申し訳ありません。では、後で参ります」

平石が出て行こうとするのを、

「ちょっと待て」

と千田は呼び止めた。「ご紹介しておきましょう。今度、人事課長になった平石君です。私の右腕になってもらう人物ですよ」

平石は私を見ずに頭を下げ、出て行った。

「組合の委員長をずっとやっていましてね」

と千田は言った。「人事でうまく力のバランスを取るには、各社員の私生活にも精通していなくてはなりません。その点、組合の委員長だった男は最適ですよ」

私は、平石に腹を立てる気にはなれなかった。出世のチャンスをけっとばせとは、他人の口から言えることではあるまい。

しかし、哀れで、物哀《ものがな》しい気分だった。

夫が、これを知らなくて良かった、と思った。――夫は、結局、孤独な人だったのだ……。

「――お話はよく分りました。ところで、河谷さんの奥さんはどういうご用ですかな」

千田は私の方を向いた。

「教えていただきたいことがあって、参りました」

と私は言った。

「というと？」

「あなたが、主人のどんな弱味を利用したのか、知りたいのです」

千田は一向に動じる様子もなく、

「何のお話ですか」

「主人は、決して組合を裏切って、スト破りをやったりする人ではありません。あなたの言うなりになったのは、あなたが何かを使って主人を脅したからです」

「それはまた人聞きの悪い」

「でも事実でしょう」

「脅迫などしませんよ。ご主人は進んで協力して下さったのです」

「嘘《うそ》です」

千田は、ちょっと皮肉っぽい笑みを浮かべた。

「――確かに、一応交換条件はありましたよ。しかし、それは取引であって、脅迫ではない」

「何を条件になさったんですか？」

「お知りになりたいんですか？　本当に？」

「はい」

「そうですか。――まあ、いいでしょう。どうせ、その内、奥さんにお返ししようと思っていたのですから」

と、千田は立ち上った。

そして、机の所へ歩いて行くと、引出しを開け、奥の方から、大きな封筒を取り出した。

「これを、誰にも見せない、という条件でしてね」

と、その封筒を私の前に置く。

私は封筒を開けた。――大きく引き伸ばした写真が、七、八枚入っていた。

それは私と久保寺の写真だった。ホテルのベッドで、裸で絡み合っている、隠し撮りの写真だ。

震える手で、一枚一枚、めくった。どれも、私と久保寺の顔が、はっきり写っている。今にも私の喘《あえ》ぎが聞こえて来そうな、生々しいカットだった。

「どうぞお持ち下さい、ご遠慮なく」

千田が、嘲笑《あざわら》うような調子で言った。

私は、混乱していた。落合が、写真を封筒へ納め、私を抱きかかえるようにして、立たせてくれた。——そして、気が付くと、私は表通りを歩いていた。

「——大丈夫ですか？」

落合が心配そうに声をかけて来た。

「ええ……」

「卑劣な男だ！」

と落合は吐き出すように言った。「この写真は処分しておきますよ」

「いいえ！　私に下さい」

「しかし——」

「家中に貼《は》って、自分の馬鹿なことを忘れないようにしますわ」

「そんな風に考えてはいけません」

と落合は言った。

「すみません、やっぱり疲れてるんだわ、私」

「家まで送りますよ」

「いえ、大丈夫。一人で帰ります」

心配する落合を振り切るように、私は封筒を手に、タクシーを停《と》めて、さっさと一人で乗り込んだ。

タクシーが走り出す。——膝《ひざ》の上で、封筒が焼けているような気がした。その重さが、足を砕いてしまいそうだ。

——可哀そうなあなた、と私は思った。

妻の浮気の写真をバラまくとおどかされて、自分の仲間を裏切る他なかった……。

それはきっと、山田知子のアパートへ行った日に違いない。当然だ。妻のあんな格好を見せられて、他の女の所に救いを求めに行ったのだ。

私は、深く息をついて、目を閉じた。——何ということだ！

何もかもが、打ち砕かれてしまったような気がする。夫を殺した犯人を見付けようなんて、自分自身が、夫を殺したようなものなのに！

どうして、いっそあの写真をバラまいてくれなかったのか。バラまいて、私と一方的に離婚して、あの知子とでも再婚すればよかったのだ。——私は、両手に顔を埋めた。

「どの辺ですか？」

と、運転手が訊いた……。

タクシーを降りると、私はもう早く一人きりになりたくて、家の玄関へと、ほとんど走るように急いだ。鍵を開けながら、木戸が泊って行ったことを思い出した。

でも、いくら何でも、もう出て行ったろう。

中へ入って、玄関に誰の靴もないことに気付いてホッとした。とても、人の不幸に付き合っている気分じゃない。

上って、立ちすくんだ。――この匂いは？

ドキッとした。ガスだ！　ガスが洩《も》れている。

私は台所へと走った。しかし、ガス栓は閉めたままになっている。すると――後は居間に、ストーブ用の栓がある！

私は居間へ飛び込んだ。カーテンが引いてあって、薄暗く、ガスの匂いが鼻をついた。

私は急いで、栓をしめると、庭へ出るガラス戸をいっぱいに開け放った。

咳込《せきこ》みながら、ふと気付いた。――夫が死んでいたときも、この通りだった、と。

それでは……。居間の中を振り返った私は、思わず声を上げるところだった。

床に誰かが倒れている。――郁子さんだった！

14 真実

駆け寄って、抱き起こしてみると、まだ呼吸はしている。私がガス栓をしめられたくらいだから、まだガスを大して吸っていないのだろう。

郁子さんの額には、どこかで打ったような傷があった。ともかく、私は風が抜けるようにドアを開け、救急車を呼ぶべく、電話へと手をのばした。

受話器を取ろうとした手を、突然誰かが押えた。ハッと顔を向けると、銀色に光るナイフが、目の前にあった。

「電話されちゃ困るんです」

と、木戸が言った。「あんたは、いつも邪魔ばかりする！」

私はよろけて、後ずさりした。

「木戸さん……」

「そうですよ」

木戸は、いつも通りの愛想の良さを見せながら、言った。「僕がご主人を殺したんです」

「――どうして？」

「もともとは田代が悪いんですよ」

と、木戸が言った。「あいつが僕を賭《か》け事に引きずり込んだ。僕は田代を通して、高い金利の金を借りていたんです。もちろん返せなくなる。郁子には話せない。仕方なく、会社の金を、ほんのしばらく、というつもりで流用したんです」

「馬鹿なことを！」

「そうですとも。でもね、そういう気持ってのは、その立場にならなきゃ分りゃしませんよ」

「それでなぜ夫を――」

「どうにもならなくなって、僕はご主人にお金を何とか都合してくれと泣きつきました。一度は工面してくれたんですよ。三百万ほどでした。あなたが割合にお金にもルーズな人なので知られずに済んだけど」

「三百万も？」

「二年くらい前でしたね。そのとき、僕は二度と賭け事に手を出さないと誓ったんです。ご主人にね」

「それをまた……」

「やめられるもんじゃありませんよ」

と、木戸は首を振った。「それでも、一年半前に、田代が大阪を出て行ったんで、僕も少し賭け事から遠のいたんです。でも、やはり長くは続かなかった。――借金、返済のための借金、またその返済のための借金。くり返しで、たちまち三百万近くになってしまった」

「それで主人に――」

「いや、会社の金に、また手を付けたんです。一発当てて返すつもりでしたが、それもオジャンで、またご主人に頼むしかなくなったんです」

「じゃ、あの日……」

「僕は、その日の新幹線でここへ来ました。そしてご主人と会ったんです」

「それで主人は早く帰って来たのね」

「ところが、そう甘くはなかったですよ」

と、木戸は苦笑した。「ご主人は、僕のためだ、と言って、今のあなたのように電話へ近づきました。僕の会社へ電話して、総てを話す、というんです。――僕は、やめてくれと哀願しましたよ。でも、ご主人は、妹を、そんな無責任な男に任せておけない、と言ってね。受話器を上げました。僕はそれをもぎ取ろうとした。もみ合っている内、ご主人が倒れて、弾みで机の角に頭をぶつけて、気を失ったんです」

　私はチラリと郁子さんの方を見た。苦しげな息は、大分おさまっている。

「僕は考えました。このままご主人が意識を取り戻したら、どうしたって僕は無事には済まない。ご主人をソファへ寝かせて、僕はガス栓を開けた。自殺か事故か。——いずれにしたって、大人なら、自殺しておかしくないくらいの、悩みの一つや二つ、持ってるもんですからね。それからカーテンを引いた。ところが——」

と、木戸は一息入れて、「あなたが急いで帰って来るのが、見えたんですよ。これですっかりあわててしまった。そのまま逃げればご主人は必ず助かる。仕方ない。——僕は、ナイフでご主人を刺した」

木戸は、ちょっと上目づかいになって、

「そんな目で僕を見ないで下さいよ。カーッとなって、何だか分らなかったんだから。——そしてあわててガスを止めました。こんな工作をしたのが分ったら、強盗や何かの犯行とは思われないでしょうからね。しかし、ガスの匂いがする。それで、カーテンは閉めたまま、戸を開けて、せっせとガスの匂いを外へ出したんです。そこへあなたが帰って来る音がした。危機一髪ですよ。靴を持って、そこから庭へ出て、表に逃げたんです。そしてその日の夕方の新幹線で帰りました」

「じゃ、郁子さんのことは……」

「ああ、田代とはいい仲になってたんですよ、大阪でね。もっとも、僕がろくに構ってやらなかったから、当然のようなもんでしたがね。僕は好きなようにさせておきました」

「なぜ?」

「何かに利用できると思ったんです。二人の一緒のところを写真に撮って、それを種に、田代をゆすろうかと思っていると、田代が東京へ行っちまった」

「じゃ……あなたが郁子さんに、印鑑を使わせて……」

「そうです。田代との写真を見せて、離婚訴訟を起こすと言ってやったんですよ。子供と離されるのが怖いんでしょう、郁子は言う通りにした。ところが、お葬式に田代がやって来た。郁子は、ご主人の友達と言って、ごまかしたようですが」

「あのとき、田代は、『そんなことまで』と言ったわ。なぜ？」

「田代は、ご主人が僕の借金を肩代りしてそのせいで、貸した側に殺されたと思ったんですよ。もちろん、ご主人を殺したのが僕だってことは、田代も郁子も知りゃしません」

「それで、田代に金を取らせようと……」

「僕が貸したことにするのも妙でしょう。だから郁子に言って、田代が貸したことにさせたわけです」

「じゃ、郁子さんが持って来た三百万円っていうのは？」

「また会った後で、郁子と田代はよりを戻したんです。だから、郁子は、うちの物をあれこれ売って金を作り、家を出ちまったわけですよ」

「それであなたが追って来たわけね」

「当り前でしょ。借金はまるまる残ってるのに、女房に家財を売り払われて逃げられちゃね」

「でも——どうしてあんなにのんびりしてたの？」

「あいつがここへ来ると分ってたからですよ」

「どうして？」

「田代にとっちゃ、金だけが目当てです。郁子が金を持っているとなれば、それを巻き上げて、おさらばに決ってますよ。ご主人の方の三百万をうまく手にしたら、二割やると言ってあったんですがね」

「じゃ、田代は——」

「聞きましたよ、郁子から。あいつの借金を払って、パアになったとかで、田代は逃げてしまったそうです」

私は郁子さんを見た。少しずつ意識を取り戻しているのか、頭をかすかに動かしている。

「どうしてこんなことを……。郁子さんを殺す必要はないじゃないの！」

「僕が最初、ご主人に金を貸したことにしようとしたので、田代は僕がご主人を殺したらしいと察していたらしいんですよ。で、郁子にそれを言ったんですね。ここへやって来て、家を出たのを謝るどころか、僕を問い詰めたんです。——こっちも面倒になって殴ってしまいました。そしたら、ご主人のときと同じように、頭を打って気を失ったんです。——それで、あのときやりそこなったことをもう一度やってみようと思いましてね」

「自分の奥さんを！」

「自殺する理由は正に充分でしょう。家を出て、男に捨てられた。誰でも自殺と思いますよ。ところが――」

と、木戸は首を振った。「あのときの通り、あなたがまた帰って来てしまったわけでね」

「どうするの？　私は自殺する理由なんかありませんよ」

「それを今、考えてるんですよ」

と、木戸はナイフを手に近づいて来た。

「大声を出すわよ」

「どうぞ。その前に喉《のど》が裂けてますよ」

「気狂い！」

「自分の身が大事なだけです。誰だってそうでしょう」

木戸は、ちょっと笑った。

そのとき、玄関のドアが開く音がした。

ハッとした瞬間、木戸が私を壁へ押しつけると、喉にナイフを突きつけた。

「静かにしろ！」

と押し殺した声で言う。「声を出すと殺すぞ！」

玄関の方で、

「こんにちは」

と声がした。

山田知子だ！　そして、

「おばちゃん」

と、亜里の声。

私は、汗が背筋を伝うのを感じた。あの子にもしものことがあったら……。

それだけは避けなくてはならない！

「――お留守なのよ」

「でも靴がある」

「そうね。お庭にでもいるのかな」

「おばちゃん！」

亜里の声が、家の中を駆けめぐるような気がした。

「畜生……」

と、木戸が呟《つぶや》いた。

木戸の方も、額に汗が浮かんでいる。

「ちょっとご用で表に行ったのかもね」

と知子が言っている。「また来ましょうよ」

「捜して来る！」

「いいわよ。外で待ってましょ」

「じゃ、中を捜す！」

「亜里ちゃん！　勝手に上っちゃだめよ」

小さな足音がトントンと廊下に響いた。

いけない。ここへ来たら——。

「危ない！」

私は叫んでいた。「来ちゃだめ！」

ナイフの刃が喉へ食い込むかと思ったとき、木戸が、

「ワーッ！」

と叫んで、離れた。

郁子さんが、木戸の足にかみついたのだ！　木戸は、郁子さんをけって、振り切ると、痛みでよろけた。

知子が飛び込んで来る。

「そいつが犯人なのよ！」

と私は叫んだ。

私は、だから逃げろ、亜里を連れて逃げろ、というつもりで言ったのである。

だが、知子は、ちょっと誤解したらしかった。やっと立ち直りかけた木戸へダダッと駆け寄ると、拳《こぶし》を固めて、

「エイッ！」

とかけ声もろとも、ぶちかましたのであった。

木戸は大の字になって、のびてしまった。知子は、自分でもびっくりしたように、木戸を見下ろしている。

「先生、強い！」

ドアの所で、亜里が手を叩いた。


「——ご苦労様でした」

落合刑事が、言った。

居間は、やっと静かになっていた。

木戸が連行され、郁子さんは、二階で手当を受けている。

知子が、お茶を淹《い》れて来てくれた。

「やあ、どうも」

と落合が言った。「あなたには、きっと警視総監賞が出ますよ」

「まあ、困りますわ」

と、知子が赤くなって、「犯人をノックアウトしたなんて分ったら、子供たちが何て言うか……」

「いいじゃないの。金一封ぐらい出るかもしれないわ」

と私は言った。

「そうですね。それでみんなの靴ぐらい買えるかもしれないわ！　じゃ、いただきます！」

「こりゃ、万一出なかったら大変だ」

と落合が笑った。

知子が出て行くと、私と落合は、何となく、少し黙り込んだ。

「——柏木幸子が、杉崎殺しを自供しましたよ」

と落合が言った。「志村の件と引きかえに、体を要求されたんだそうです」

「そうですか……」

「これで、全部、終ったわけですね」

終った。——その通りだ。

私がここにいる理由も、もうなくなった。

「ご実家へ戻られるんですか」

と訊かれて、私は、反射的に、

「いいえ」

と答えていた。

「すると、ここに?」

「ええ。——今、決心がつきました。ここで、やり直しますわ」

「なるほど」

「人間って……分らないものですね」

と、私は言った。「この事件がなかったら、私、きっと主人のことを、ろくに知らないで、過していたかもしれません。それでもずっと一緒に暮して、それなりに、夫婦らしくはなっていたかもしれないけど……。でも、主人が死んで、思いもかけなかった主人の顔がいくつも見えて来て……。今になって、主人がどんなに素晴らしい人だったのか、分るんです」

落合は、ゆっくり肯《うなず》いた。

「ねえ、変でしょう? 未亡人になって、死んだ夫に恋をするなんて。——でも、本当にそんな気持なんですの。もっと前に分っていれば、と残念ですけど」

「幸せな方だ。あなたも、ご主人もです」

落合の言葉に、私は微笑んだ。

落合は立ち上った。

「さて、それでは……。色々とご面倒なことでしたね」

「いいえ。お世話になって。――あなたがいて下さらなかったら、とてもここまで、やれませんでしたわ」

「そうおっしゃっていただくと嬉《うれ》しいですよ」

私は、玄関まで、落合を送りに出た。

「一度お食事を付き合っていただけませんか」

「ありがとうございます。ぜひ――」

「やあ、そりゃ嬉しいな」

と落合は言った。「ご主人と張り合う気はありませんからね。勝目はなさそうだ」

二階から、郁子さんが降りて来た。

「大丈夫？」

と私が訊くと、肯いた。

「すみません、本当に。償いは必ず――」

「あなたのことを悪く思ってなんかいないわよ。二人の子供さんを、しっかりみてあげなきゃ」

「はい。私が働いて、必ず……」

と、郁子さんは顔を伏せた。

「もし具合が良ければ――」

と落合が言った。「お話をうかがえませんか」

「はい。一緒に参ります」

「じゃ、僕の車に。――では、奥さん、失礼します」

二人が出て行くのを見送ってから、私は居間に戻った。

何だか、この何日間かは、七年間の結婚生活より長かったみたいな気がする。

ホッとしたようで、気が抜けたような、虚《むな》しさ。もちろん、あんな事件に二度と出会いたくはないが、夫の顔を見つけ出す代償としてなら、高くない経験だった。

あなたは、本当に無口で、何を考えているのか分らない人だった。でも、結局、こんなにいい人だったのだから、私の目に狂いはなかったことになる。

もっとも、それが私の自慢になるかどうかは別問題だが。

夫。――そうね。あなたは〈良人〉と書くのが、本当にふさわしい人だった。

そのあなたを、色々な人が裏切った。志村も、柏木幸子も、平石も、そして私も。

それを考えると、本当に気の毒な人だ、と思うけれど、たとえあなたが生きていて、それを知っても、相変らず、あなたは人を信じ続けたに違いない……。

「これで、あなたの顔は全部なんでしょうね？」

と私は、声に出して呟《つぶや》いた。

あ、そういえば、死に際《ぎわ》の「ゆきこ」という名前のことがあった。柏木幸子のことか、それとも、遠い初恋の人でも思い出していたのか。

ま、いいや。それぐらいは許してあげる。

「──帰ったんですか、刑事さん」

と、知子が入って来る。

「ええ、さっきね」

「大変でしたね」

「あなたにお礼を言わなきゃ」

「とんでもない！」

「ねえ、かけて」

と、私は、知子をソファへ坐らせた。「あなた、私とここで暮さない？」

「え？」

「アパートで暮すんだったら、同じでしょ。私、ここで頑張るつもりなの。あなたが一緒にいてくれたらありがたいんだけど」

「そりゃ……私は別に……」

「いいの？　じゃ、早速ね！──でも、もちろんあなたが結婚するときは出て行ってもらいますからね」

「奥さんだって——」

「私はだめよ。もう、あの人以上の亭主なんているわけないと思ってるの」

「まあ、凄《すご》いですね」

「こら、冷やかすな！　もう男なんて近づけない……かどうか分らないけど」

と私は首をかしげて、「そりゃ時には寂しくなったらね。でも、それだけのことよ」

「そのときは私、このソファで寝るのかしら」

私たちは一緒に笑った。

それから、私は真顔になって、

「実はもう一人、同居させたいの」

と言った。「亜里ちゃんを引き取れないかしら。それが主人の希望だったとも思うし……」

「すてきですね」

「でも——大丈夫かしら？　私は、自分の子供もいなくて——」

と、私は言い淀《よど》んだ。

「さっき、奥さんは、殺されそうになるのも構わずに、亜里ちゃんを助けたじゃありませんか」

と、知子は言った。「立派に親の資格があると思います」

「そう言ってもらって、ホッとしたわ」

私は、知子の手を握った。

「でも、大変ですよ。子供は病気もするし、けがもする。口ごたえもすれば、泣きわめきもしますもの」

「少しずつ勉強していく他ないわね。母親一年生として」

「それに――亜里ちゃんの気持が第一ですわ」

「ああそうか。肝心なことを……。どこにいるの？」

「お二階で昼寝してますよ」

「覗《のぞ》いて来ようかな。どう？」

「一人で行って下さい」

私は微笑んで、肯いた。

そっと階段を上って、寝室を、覗いてみる。

ベッドで、亜里が眠っていた。少し口を開いて、元気の良い寝息をたてている。

腕には、夫があげたという、あの何の変哲もない人形を抱いていた。

私は、胸がいっぱいになって、そっとベッドに坐り、亜里の顔にかかった髪を払ってやった。――亜里の目が開いた。

「あら、起こしちゃった？　ごめんね」

亜里は、目をパチパチとやって、

「ここ、おじちゃんの部屋だったの？」

と訊いた。

「おじちゃんとおばちゃんのね」

「ふーん」

亜里は欠伸《あくび》をした。

「まだ眠かったら、寝てていいのよ」

「だって……」

「ねえ亜里ちゃん」

「うん？」

「おばちゃんのうちに来ない？」

「今来てるよ」

私は笑ってしまった。子供には、率直に言わなくては。

「おばちゃんの子供になって、一緒に暮さない？」

亜里が、大きな目でじっとこっちを見つめる。初恋を打ちあけるときのように、どきどきした。

「先生に訊いてみなきゃ」

と亜里が言った。

「先生がいいって言ったら？」

「じゃ、いいや」

私は、亜里の頭を抱き寄せた。

「――苦しいよ」

「ごめんなさい」

と、私は笑いながら言った。

「この子も一緒でいい？」

と亜里がお人形を見せる。

「いいわよ。仲良しだものね」

「うん！」

「お人形さん、お名前、あるの？」

「あるよ」

と亜里は言った。「ゆきこ」

解説

山前　譲

なぜ「良人」と書いて「おっと」と読むのだろうか。そんな疑問を抱いている妻は多いかもしれない。わたしだって家庭では良い人なのに……。調べてみるとその語源は中国の唐代にまで遡ることができるようだから、今となってはこの読みを覆すことは不可能に近いだろう。とはいえ、男女の格差をなくそうとさまざまな施策が進められている現代においては、たしかにちょっと違和感を抱くかもしれない。

ただ、河谷家の洋三は妻の千草にとってまさに良い人だった。結婚して七年、無口で、もっさりとしていて、何を考えているかよく分からないけれど、偏屈というわけではない。サラリーマンとしてはじつに真面目だ。ただ、新聞を隅から隅まで読むのを趣味としているような夫との暮らしは、子供もいないので、ちょっと味気ない。とはいえ歓迎すべきこともある。心置きなく浮気ができる！

その日もデートが入っていたが、ちょっと急いで帰らなくてはならなかった。というのも、出張していた洋三の帰宅時間が早まったからである。ところが自宅に着いてみると、なんとワイシャツの胸元を赤く染めた夫が、ソファに横たわっているではないか。そして、

「ゆきこ……」という一言を口にして死んでしまうのだった。

この『静かなる良人』は一九八三年八月、C★NOVELSの一冊として中央公論社（現・中央公論新社）から刊行された。

ノーベル文学賞作家のミハイル・ショーロホフの『静かなるドン』（あるいは『静かなるドン』）は、第一次世界大戦やロシア革命に翻弄された黒海沿岸のドン地方に生きるコサックたちの生き様を描いていた。ジョン・ウェインが主役の『静かなる男』は一九五二年に公開されたアメリカ映画だが、アイルランドを舞台にしての人情味とユーモアに彩られた傑作である。監督はジョン・フォードだ。監督・黒澤明、主演・三船敏郎というゴールデンコンビによる映画『静かなる決闘』（一九四九）では、青年医師の苦悩が描かれていた。

「静かなる」はある種のイメージを醸し出してきたようだが、ではこの『静かなる良人』は？　初刊本の「著者のことば」で赤川次郎氏はこう述べていた。


夫婦というものは、お互いのことを、どれだけ知っているものだろう？　夫も妻も、一歩家を出れば、そこには一人の男性、一人の女性としての生活があるはずだ。

これは、夫を殺された妻が、犯人を捜しながら、夫の意外な顔を「発見」して行く、夫婦愛とサスペンスの物語である。

もちろん夫の死を悲しまないわけではなかったが、疲れてしまった千草は告別式のときについ欠伸をしてしまう。そこに眠気が吹き飛んでしまうようなことが起こった。小さな女の子の手を引いた、二十五、六歳の女性が焼香している。いったい誰？　そして何故か、会社関係はほとんど姿を見せず、一方でまったく知らない夫の「親友」が義妹と親しげに話している。さらには出棺のときの大騒動……。平凡なサラリーマンの死は、ＴＶで話題になってしまうのだった。

些細なものからとんでもないものまで、誰にでも秘密のひとつやふたつはあるに違いない。個々が、家庭が、そして社会的な組織が……なかには国家の存在をも揺るがすようなものもあるかもしれない。そんな秘密がミステリーのモチーフになってきたのは言うまでもないだろう。

自分が日々接していた夫には、自分が全く知らない側面があるのではないか。自ら犯人を突き止めようと調べはじめる千草だが、すると思いもよらない夫の姿に驚かされるのである。

すでにオリジナル著書が六百冊を超えた赤川氏だけに、そこではさまざまな夫婦間の、そして家族間の秘密が描かれてきた。

なかでも『いつもの寄り道』（一九八七）は、本書と対をなす長編と言っていいのではないだろうか。夫が聞いていた出張先とは違う場所で、焼死体となって発見された。しかも知らない女性と一緒！　そんなことってある？　結婚一年目にして未亡人となってしまった加奈子の推理行である。

『死が二人を分つまで』（一九九二）での妻・由利江の秘密はかなりショッキングなものだ。いったんは心臓が停止してしまった彼女は、人間の生命エネルギーを奪って生きつづけているのだ。他人を殺さなければ自身は命はなくなってしまうのだ。それを知った夫の広造は、銃を手にして妻を追う。彼女を殺すために——。

流行作家の角田が主人公の『ネガティヴ』（一九九四）は、現実と虚構の狭間で展開する不思議な物語だ。彼は面倒なトラブルを避けるため、ヒロインの名をたいてい妻と同じ「僚子」にしていた。今連載中の作品もやはりヒロインは「僚子」なのだが、役者を雇って、小説と同時進行で妻に不倫を仕掛けてみたのだ。しかしそれは、やはり危ない試みだったのである。

『フルコース夫人の冒険』（一九八九）は赤川作品らしいユーモアとサスペンスの巧みなコラボレーションだろう。中沢なつきは色々なカルチャースクールへ通うのが趣味という平凡な専業主婦である。ところが暗雲が漂いはじめる。中学生の娘に映画出演の話が舞い込んだのは良かったのだが、なんと夫が女優と浮気！　おまけに殺人事件まで起こってしまい大騒動だ。

家族が抱えている秘密となるといっそうヴァラエティに富んだものになっている。

大富豪が殺された事件を犯罪研究家が一族の前で解明しようとしたときに新たな死が訪れる『裁きの終った日』（一九八〇）、自宅の裏口に見知らぬ若い男の死体があったことから家族の日常が崩れていく『裏口は開いていますか？』（一九八二）、大富豪の当主である志津の誕生日を祝うため家族が集ったときに殺人ゲームの幕が開く『いつか誰かが殺される』（一九八一）、家族全員が揃った晩餐の席で温厚な父がとんでもないことを告白する『真実の瞬間』（一九八四）などと、いかにも赤川作品らしい意表を突くストーリーが展開されている。

多くの赤川作品で、若い世代が抱えた秘密が中心となっているのは間違いない。しかしその一方で、こうした夫婦や家族の秘密を核にした作品群もあるのだ。そして、『夜に迷って』（一九九四）とその続編である『夜の終りに』（一九九七）のように、たった一度の不倫に苦悩する妻を描いた長編もある。

もっとも、赤川作品の愛読者なら、「良人」というと今野淳一をまず思い浮かべるかもしれない。天才的な大泥棒である淳一は、華麗なテクニックでさまざまなものを盗み出しているが、なんと妻の真弓は警視庁の刑事なのだ。ただ、泥棒であることは夫婦間ではまったく秘密ではないので、真弓は自身の職務に堂々と淳一を利用している。内助の功とはまったく正反対で、淳一はまさしく「良人」なのだ。

婚姻率の低下がなにかと話題になっている。なんでも戦後のピークである一九七〇年と比べると、今では半分の水準になっているとか。それでも、婚活が流行語になるように、結婚への希望は失われていない。夫婦という人間関係が社会の大きな基盤となっているのは間違いないのだ。そして、夫が「良人」であるということは、今でも間違いない……と信じてもらいたい。この『静かなる良人』の最後の一行が、それを証明しているはずだ。

（やままえ・ゆずる　推理小説研究家）

本書は、次の作品を改版したものです。

『静かなる良人《おっと》』　ノベルス版　一九八三年八月刊（C★NOVELS）
文庫版　一九八五年八月刊（中公文庫）
一九九四年十二月刊（角川文庫）

中公文庫

静《しず》かなる良人《おっと》
——新装版《しんそうばん》

1985年 8 月10日　初版発行
2019年12月25日　改版発行

著　者　赤川《あかがわ》 次郎《じろう》
発行者　松 田 陽 三
発行所　中央公論新社
〒100-8152　東京都千代田区大手町 1-7-1
電話　販売 03-5299-1730　編集 03-5299-1890
URL http://www.chuko.co.jp/

DTP　ハンズ・ミケ
印　刷　三晃印刷
製　本　小泉製本

Published by CHUOKORON-SHINSHA, INC.
Printed in Japan　ISBN978-4-12-206807-0 C1193
定価はカバーに表示してあります。落丁本・乱丁本はお手数ですが小社販売部宛お送り下さい。送料小社負担にてお取り替えいたします。

各書目の下段の数字はISBNコードです。978－4－12が省略してあります。

中公文庫既刊より

あ-10-9
終電へ三〇歩　赤川次郎
リストラされた係長、夫の暴力に悩む主婦、駆け落ちした高校生カップル……。駅前ですれ違った他人同士の思惑が絡んで転がって、事件が起きる！
205913-9

う-10-27
薔薇の殺人　内田康夫
脅迫状が一通きただけの不可思議な誘拐事件。七日後、遺体が発見されたが、手がかりはその脅迫状だけだった。浅見光彦が哀しい事件の真相に迫る。
205336-6

う-10-28
他殺の効用　内田康夫
保険金支払い可能日まであと二日を残して、会社社長が自殺した。自殺に不審を抱いた浅見光彦は、単身調査に乗り出すが意外な結末が⁉　傑作短編集。
205506-3

う-10-29
教室の亡霊　内田康夫
中学校の教室で元教師の死体が発見された。毒殺された被害者のポケットには、新人女性教師とのツーショット写真が――。教育現場の闇に、浅見光彦が挑む！
205789-0

う-10-30
北の街物語　内田康夫
「妖精像」の盗難と河川敷の他殺体。二つの事件には、ある共通する四桁の数字が絡んでいた――。浅見光彦が、生まれ育った東京都北区を駆けめぐる！
206276-4

う-10-31
竹人形殺人事件　新装版　内田康夫
浅見家に突如降りかかったスキャンダル⁉　父の汚名をそそぐため北陸へ向かった名探偵・光彦は、竹細工師殺害事件に巻き込まれてしまうが――。
206327-3

う-10-32
熊野古道殺人事件　新装版　内田康夫
伝統の宗教行事を再現すると意気込んだ男とその妻が、謎の死を遂げる。これは祟りなのか――。浅見光彦と「軽井沢のセンセ」が南紀山中を駆けめぐる！
206403-4

う-10-33
鳥取雛送り殺人事件 新装版　内田康夫
被害者は、生前「雛人形に殺される」と語っていた男。調査のため鳥取に向かった刑事が失踪してしまい――。浅見光彦が美しき伝統の裏に隠された謎に挑む！
206493-5

う-10-34
坊っちゃん殺人事件 新装版　内田康夫
取材のため松山へ向かう浅見光彦。旅の途中何度も出会った女性が、後日、遺体で発見され疑われる光彦だったが――。浅見家の〝坊ちゃん〟が記した事件簿！
206584-0

う-10-35
イーハトーブの幽霊 新装版　内田康夫
宮沢賢治が理想郷の意味を込めて「イーハトーブ」と名付けた岩手県花巻で、連続殺人が。被害者は死の直前「幽霊を見た」と……。〈解説〉新名 新
206669-4

あ-61-1
汝の名　明野照葉
男は使い捨て、ひきこもりの妹さえ利用する――あらゆる手段で、人生の逆転を賭けて「勝ち組」を目指す、麻生陶子33歳！現代社会を生き抜く女たちの「戦い」と「狂気」を描くサスペンス。
204873-7

い-74-5
つきまとわれて　今邑彩
別れたつもりでも、細い糸が繋がっている。ハイミスの姉が結婚をためらう理由は別れた男からの嫌がらせだった。表題作の他八篇の短篇集。〈解説〉千街晶之
204654-2

い-74-6
ルームメイト　今邑彩
失踪したルームメイトを追ううち、二重、三重生活を知る春海。彼女は、名前、化粧、嗜好までも変えて暮らしていた。呆然とする春海の前にルームメイトの死体が？
204679-5

い-74-7
そして誰もいなくなる　今邑彩
名門女子校演劇部によるクリスティー劇の上演中、連続殺人は幕を開けた。台本通りの順序と手段で殺される部員たち。真犯人はどこに？ 戦慄の本格ミステリー。
205261-1

い-74-8
少女Aの殺人　今邑彩
深夜の人気ラジオで読まれた手紙は、ある少女が養父からの性的虐待を訴えたものだった。その直後、三人の該当者のうちひとりの養父が刺殺され……。
205338-0

各書目の下段の数字はＩＳＢＮコードです。978－4－12が省略してあります。

い-74-9 **七人の中にいる** 今邑彩

ペンションオーナーの晶子のもとに、二一年前に起きた医者一家虐殺事件の復讐予告が届く。常連客のなかに殺人者が⁉ 家族を守ることはできるのか。

205364-9

い-74-10 **i《アイ》 鏡に消えた殺人者 警視庁捜査一課・貴島柊志** 今邑彩

新人作家の殺害現場には、鏡に向かって消える足跡の血痕が。遺された原稿には、「鏡」にまつわる作家自身の恐怖が自伝的小説として書かれていた。傑作本格ミステリー。

205408-0

い-74-13 **繭の密室 警視庁捜査一課・貴島柊志** 今邑彩

マンションでの不可解な転落死を捜査する貴島は、六年前の事件に辿り着く。一方の女子大生誘拐事件の行方は？ 傑作本格シリーズ第四作。〈解説〉西上心太

205491-2

い-74-14 **卍《まんじ》の殺人** 今邑彩

二つの家族が分かれて暮らす異形の館。恋人とともに訪れたこの家で次々に怪死事件が。謎にみちた邸がおこす惨劇は、思いがけない展開をみせる！ 著者デビュー作。

205547-6

い-74-15 **盗まれて** 今邑彩

あるはずもない桜に興奮する、死の直前の兄の電話。十五年前のクラスメイトからの過去を弾劾する手紙――ミステリーはいつも手紙や電話で幕を開ける。

205575-9

い-74-17 **時鐘《とけい》館の殺人** 今邑彩

ミステリーマニアの集まる下宿屋・時鐘館。姿を消した老推理作家が、雪だるまの中から死体となって発見された。犯人は編集者か、それとも？ 傑作短篇集。

205639-8

い-74-20 **金雀枝《えにしだ》荘の殺人** 今邑彩

完全に封印され「密室」となった館で起こった一族六人殺しの犯人は、いったい誰か？ 推理合戦が繰り広げられる館ものミステリの傑作、待望の復刊。

205847-7

い-74-21 **人影花** 今邑彩

見知らぬ女性からの留守電、真実を告げる椿の花、不穏な野鳥の声……日常が暗転し、足元に死の陥穽が開く。文庫オリジナル短篇集。〈解説〉日下三蔵

206005-0